KB129998

너는 나의 희망이다

너는 나의 희망이다

초판 1쇄   2020년 10월 20일
초판 3쇄   2022년 3월 23일
지은이   용혜원
펴낸이   김영재
펴낸곳   책만드는집
—
주소   서울 마포구 양화로3길99, 4층 (04022)
전화   3142 - 1585 · 6
팩스   336 - 8908
전자우편   chaekjip@naver.com
출판등록   1994년 1월 13일 제10 - 927호
ⓒ 용혜원, 2020
—
ISBN   978 - 89 - 7944 - 716 - 3 (03810)

너는 나의
희망이다

○

제91시집

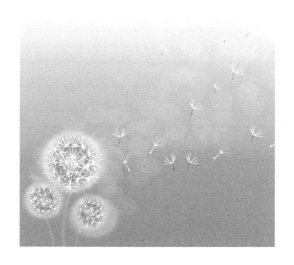

용혜원 시집

책만드는집

나는 평생 시의 골목을 걸어 다니고 있다
고독할 때 외로울 때 시가 찾아온다
뇌수에 시가 흘러내려 바라보고 기웃거리고
서성거리고 생각하며 시를 쓰고 있다
너무 빨리 흐르는 세월 속에
평생 내 몫의 시를 쓰면서 살아왔다
시를 쓸 수 있음이 너무나 행복하다
내 삶이 걸어간 자리마다
시를 만나고 이야기하고 시꽃이 피었다
시는 내 마음에서 뽑아놓은
사랑의 글자 영혼의 고백이다
시는 시인의 마음을 쏟아놓는 것이며
사랑과 고통과 시련을 생생한 언어로 표현하는 것이다
내 삶은 시와 동행하는 멋진 여행이다
시는 나의 삶이고 나의 표현이며 나의 친구이다
세상의 모든 것을 시로 쓰고 싶다

용혜원

| 차례 |

2부

3부

4부

.... 1부

일출

이른 새벽에
붉은 태양이 떠오르는 것을
사람들은 누구나 보고 싶어 한다

태양이 떠오를 때
마음에 또 하나의 태양이
떠오르기 때문이다

실망하기 쉬운 세상
낙망하기 쉬운 세상
절망하기 쉬운 세상에서

희망을 갖고
희망을 찾는 것은
매우 중요한 일이다

이른 아침에
온 세상을 밝혀주는
태양이 떠오르면

내 마음에 희망의 등불 하나
밝게 켜진다

구름 1

어느 한곳에 진득하게
머물지 못하고 아무 미련 없이
훌쩍 떠나고 떠나는 나그네

구름이 머흘머흘 험상궂은 표정이니
비가 한바탕 쏟아질 모양이다

구름은 무슨 걱정이 그리도 많아
무슨 슬픔이 그리도 많아
눈물만 뿌리고 떠날까

근근이 견디다 떠나는데
한정 없이 속절없이 눈물 나지 않을
세월이 어디 있을까

천둥 번개 비를 몰고 다니는
구름은 갈 곳이 많아 떠돌다
머무는 곳이 집이다

구름은 푸른 하늘에 마음을
갖가지 모양으로 만들어 잘도 펼쳐놓는다

나도 구름처럼 세상 어디든지
마음껏 떠돌아다니고 싶고
구름 위에 발자국 남기고 싶다

구름 2

누구를 찾아 떠돌고 있을까
구름은 아무런 말 없이
몸짓으로 모든 것을 표현한다

구름아! 너는 좋겠다
네가 가고 싶은 곳 원하는 곳을
네 마음대로 갈 수 있으니 얼마나 좋으냐

구름은 하늘 가득 몰려왔다가
어디로 가는지 종잡을 수 없게
흐트러져 떠나가 버린다

외로운 구름들이
하늘을 떠돌다가 서로 만나면
반가움에 재회의 눈물을 흘린다

눈물이 비가 되어 내리면
온 세상이 촉촉이 젖고
새 생명이 새롭게 싹튼다

아침 해

밤새 어둠 속에 갇혀 있다가
이른 새벽에 방긋 웃는 얼굴로
떠오르는 태양을 바라보면
가슴에 희망이 솟아오른다

이 세상에 아침에 뜨는 해처럼
희망적이고 밝은 얼굴이
그 어느 곳에 있을까

이 세상에 아침에 뜨는 해처럼
황홀한 감동을 주는 것이
그 어디에 있을까

수천수만의 별들과 달도
어찌할 수 없는 어둠을
해맑은 웃음으로 몰아낸다

하늘 1

푸른 하늘은
떠다니는 구름의 집이다
하늘의 색깔에 따라
세상의 날씨가 확 달라진다

초라한 날은
하늘마저 아주 작아 보였다
소낙비 한바탕 쏟아지더니
하늘 얼굴이 더 밝아졌다

깨끗하고 텅 빈 푸른 하늘을 바라보면
고단이 남겨놓은 피로도
오만 걱정도 사라지고
불순함도 깨끗하게 걸러지는 것 같다

허무한 마음에 구멍이
숭숭 뚫린 듯 살다가도
푸른 하늘을 보며 마음의 문을 열고
살아가는 사람들은 희망이 가득 차 있다

맑은 하늘이
푸른 색깔 하나로 참 아름답다
하늘은 밤마다 별을 낳는다

하늘 2

하늘은 영원히 푸른 하늘 그대로가 좋다
푸른 하늘은 아무도 조각을 내거나
자르거나 나누지 못하고
아무리 움켜쥐려고 해도
도저히 잡을 수가 없다

하늘을 바라보기가 두렵다면
무언가 잘못한 일이 있을 것이다

하늘은 넉넉한 마음으로
넓고 넓은 공간을 누구에게나 내주어
구름이 모여들어 그림을 그리고
비가 내리고 눈이 내린다

끝이 없는 영원한 하늘
무엇으로 가득 채울 수 있을까
어두운 밤 별빛 달빛이 가득 채울까
떠다니는 구름이 가득 채울까

하늘은 하늘만이 푸른빛으로
하늘 가득 채울 수 있다
힘들 때 푸른 하늘을 보면
힘과 용기가 생긴다

나목

누가 먼저 하늘에 닿을까
자랑이라도 하듯 자라던 나무들이
모든 것이 떨어지고 떠나도
마지막까지 버티고 견디며
홀로 서 있다

기대했던 마지막 잎마저 떨어지고
무엇 하나 부끄러울 것도
무엇 하나 서운할 것도 없이
홀로 서 있다

살아온 날 동안 품었던
푸른 잎들의 풍성함도
꽃들의 화려함도
열매의 진실함도
마지막까지 모든 것을 버리고
홀로 서 있다

푸른 하늘 1

푸른 하늘에 구름 몇 장
아름답게 떠 있다

하늘은 구름들이
그림을 그리는 그림판이다

하늘이 맑고 푸른데
누가 감히 세상을 더럽히는가

작은 새도 하늘을 나는
자유를 주었다

푸른 하늘을 바라만 보아도
마음이 넓어지고
마냥 행복해진다

푸른 하늘 2

밝음과 맑음의 상징인 하늘이
왜 화를 내고 고함을 치며
천둥과 번개를 내리칠까
세상이 지은 죄 알고 벌주는 것일까

하늘은 왜 먹구름을 데려와
비를 세차게 쏟고 퍼부어
세상을 깨끗하게 씻어놓을까

구름 식구들이 몰려와 왁자지껄
놀던 자리 비가 깨끗이 청소해놓으니
하늘이 맑고 푸르다

푸른 하늘에 돌을 힘껏 던지면
당장이라도 새파란 유리창이
와장창 소리치며 깨져 쏟아져 내릴 것 같다

나를 다 보고 있는
하늘이 너무 깨끗하고 말짱하면

가시 돋치게 욕심내며 사는
내 모습이 아주 많이 부끄럽다

하늘 구름

하늘은 구름이 모였다 사라지는 놀이터
구름은 떠돌이
세상에 표류되어 머물 곳이 없다

구름은 누구를 포근히 감싸주려고
사방에서 모여들까

하늘에 손님이 오나
양떼구름 예쁘게 깔아놓았다

하늘도 잠들고 싶은가
솜털 이불을 펼쳐놓는다

구름이 떠돌다 피곤하고
힘들면 눈물을 쏟는다

구름을 누가 깨물었나
소낙비가 내리고 있다

먹구름은 푸른 하늘색을 가리고
별 없는 밤하늘을 만들고
하늘이 마음을 바꾸면
태풍이 비를 몰고 온다

하늘을 바라보며

하늘을 바라보며 희망을 꿈꾸고
현실로 이루어가는 것은
참으로 떳떳하고 멋진 일이다

땅만 바라보며 불평하고 탓하며
초라하게 살아가는 것은
불행이 한순간 닥치게 만든다

밤하늘에 별이 없었다면
무슨 재미로 살았을까
별빛 밝은 날은 도적놈도
문 잠그고 나오지 못했다

마음이 나약하면 무의미하게 시간이 흘러가고
절망이 폭포처럼 쏟아져 내리고
희망이 살 수 없어 도망친다

희망을 갖고 살아가는 사람은
매사에 당당하고 힘차고

아주 기분 좋게 살아간다

절망에 눌려서 삶의 벼랑에서
살아가는 사람은 툭하면
성질을 잘 내고 인상을 쓰고 산다

하늘을 나는 새 1

작은 새가 저 높고 넓은 하늘을
마음껏 날고 있음이
얼마나 행복한가

담을 타기도 벽을 넘기도
산을 오르기도 힘들고 어려운데
푸른 하늘을 날아간다

작은 새가 하늘 높이 비상하는 기쁨 속에
아무런 두려움 없이
아무런 거리낌 없이
하늘을 날아갈 수 있음이 얼마나 좋은가

넓고 넓은 하늘 텅 빈 공간을 찢고
날개로 허공을 가르며
갈 길을 찾아 날아갈 수 있음이
얼마나 위대한가

새는 하늘을 마음껏 날아도

흔적 하나 남지 않는다

하늘땅 끝까지
나도 자유로운 새처럼 날고 싶다

하늘을 나는 새 2

새는 이 넓은 세상에
둥지 하나만 있으면
아무것도 원하지 않는다

둥지 하나만 있으면
부부가 사랑을 하고
자식을 낳고 행복하게 산다

둥지 외에는 자식들을 키울
먹이만 원할 뿐 아무런 욕심이 없다

새는 어떤 화려한 것도
어떤 부귀도
어떤 명예도 원하지 않는다

언제나 새답게 살아가며
홀가분하게 비상을 하다가
홀가분하게 떠나가는
새들의 삶이 부럽다

큰 나무

큰 나무를 보면 왜 기분이 좋을까
튼튼한 싱싱함 푸르름
자유로움을 눈앞에서 볼 수 있다

큰 나무가 마음껏 뿌리를 내리고
마음껏 가지를 펼치고
마음껏 줄기가 자라는 것을 보면
기분이 참 좋다

작은 씨앗이 자라서 만든
나무 조각 작품 멋지게 서 있다

나무는 모든 팔을 벌리고
환영하듯 서서
누구를 만나고 싶은 것일까

마을 언덕 위에서 오랜 세월을
든든하게 지켜낸 큰 나무가
마을을 지켜주고 있다

바람 1

바람은 시간을 불러 모아
세월을 안고 사라지기에 한번 불어왔다
떠나면 다시는 돌아오지 않는다

바람이 불면 파도가 살아나고
구름이 떠다니고 나뭇잎이 춤추고
갈대가 흔들리며 춤을 춘다

한순간에 불어닥쳐 왔다 성질 급해
거칠고 심술 나게 앙금을 남기고 떠나는데
어떤 옷을 입었을까

리듬과 박자에 상관없이 거세게 몰아치고
회초리가 되어 허공을 휘감으며
마구 불어닥치는 바람의 꼬리는 잡히지 않는다

바람의 손이 모든 것을 흔들어놓고
피 말리듯 너무 빨리 왔다가
미련 없이 너무 빨리 사라져

손 한 번 잡지 못했는데 훌쩍 떠났다

바람은 세상 어느 곳이나 돌아다니며
불고 있으니까 알고 있을 것이다
삶이 무엇인지 알고 있을 것이다

바람 2

바람은
어디로 가는지 끝까지 따라갈 수 없고
휘날리는 머리칼을 본 적이 없다

바람은 가장 짧은 만남과
긴 이별을 만들어놓는다

바람은 왜 혼자 울다가 떠나갔을까
아니다 강기슭에 바람이 불면
갈대가 흔들리고 건들멋을 부리며 춤춘다

거센 바람의 앙칼진 성깔이
혹독하게 할퀴고 지나간 자리는
상처와 얼룩뿐인 참혹한 모습으로 남아 있다

바람의 머리칼이 산발이 될수록
바람은 머리끝이 서도록
날카롭게 강하고 거세게 불어닥친다

바람이 왔다 지나가면 바람이 잠들었나
천지가 다 조용하다

나무 1

나무처럼 외로운 삶이 있을까

세찬 바람 불면 나무는 가슴에 매를 맞으며 견디고
모든 잎들이 세차게 손을 흔들며
괴롭히지 말고 빨리 떠나라고 손짓하나 보다

나무는 늘 제자리에 서서
잰걸음 놓지 않고 항상 그 자리를 지키며
짙게 강하게 살아남아서 거목이 된다

평생토록 제자리에서
외출 한 번 못 하고 서서 살아야 하는
한스러운 안타까움이 또 어디에 있을까

태어나고 자라며 서 있는 땅에서
싹이 나고 뿌리를 내리고 줄기가 자라고
가지가 뻗치고 꽃을 피우고
열매를 맺으며 언제나 지켜준다

겨울나무는 바람의 손끝에 매달린 운명처럼
빈손이 되도록 탈탈 털고 서 있다

한겨울 추웠던 것이 기막힌 속셈이 있었나 보다
봄이 와 나뭇가지마다 새로운 기운이 올라오면
꽃이 피고 열매를 맺으며
나무는 자기가 서 있는 땅을 언제나 지켜준다

나무 2

겨울 찬 바람이 스치고 지나가며
늑골이 아프도록 할퀸 상처마다
봄이면 꽃이 피어 만발한다

겨울 내내 나목이 되어
목말라하며 견디고
공허함을 참고 이겨왔다

봄바람이 불고 봄비가 내릴 때마다
한겨울의 쓸쓸함을 떠나보내고
비와 햇살을 먹고 사는 나무들이
반가운 마음으로 꽃을 마음껏 피웠다

나무는 겨울 내내
얼마나 힘겹고 외로웠을까

봄볕에 봄바람에
그리움이 무너져 내리면
나무는 울렁거리는 마음을

참지 못하고 어쩌지 못해
온 세상 가득 꽃을 피운다

밤나무

가시투성이 속에
아주 예쁜 알밤이
숨어 있는 줄
누가 알았을까

나무처럼 살 수 있다면

변함없이
언제나 그 자리에 서서
일생을 살다가 떠나는
나무처럼 살 수 있다면
그 또한 얼마나 멋진 삶인가

불어오는 바람을 맞아주고
때 따라 내리는 비를 받아주고
날아가는 새들의 쉼터가 되고
힘든 사람에게
쉴 그늘이 되어줄 수 있다면
얼마나 넉넉한 삶인가

그 무엇 하나 소유하지 않고
꽃 피어나면 꽃을 허락해주고
열매를 맺어 나누어주고
뿌리까지 다 내어주는
나무처럼 살 수 있다면
얼마나 쓸모 있는 삶인가

모래알

아주 작은 모래알도
호흡을 맞추고 뭉치고 하나가 되어
바닷가에 모여들면
드넓고 아름다운 해변을 만드니
이 얼마나 위대한 힘인가

아주 작은 모래알 속에
천둥소리가
지난 세월만큼이나 많이 들어 있다

수많은 작은 모래알들이
벌판에 모여들면 삭막한 사막이 된다

아주 작은 모래알도 어떻게 모이고
어떻게 하나가 되느냐에 따라
모습과 상황이 전혀 달라진다

바다 1

거대한 바다는
늘 거센 파도 치고 비바람 몰아치고
풍랑이 일어도 생생하게 살아 있다

바다가 파도치지 않았으면 어찌 되었을까
바다는 거세게 파도치다가
잔잔해지며 스스로 마음을 다스린다

파도는 갯벌 옷을
입혔다 벗겼다 반복하고 있다

바다는 움직이고 흘러가고
파도치고 부서져도 흐트러지지 않고
또다시 살아난다

바다는 어떤 순간에도
본심을 잃지 않고 저버리지 않는다

모든 물이 하나가 되어
큰 바다를 이룬다

바다 2

크기를 알 수 없도록 크나큰
새파란 치마폭으로
넓은 바다를 어찌 덮었을까

바다는 왜 날마다 부서지고
깨지는 파도 치며 춤추고 있을까

바다는 진정 흥이 나고
신이 나서 춤추는 것일까

바다는 누구에게 보여주려고
해안까지 파도 춤을 추며
끊임없이 다가오는 것일까

바다의 파도 춤은 끝날 기색도 없이
파도의 세찬 물소리는 계속되고
그리운 추억으로 남는다

바다가 남긴 이야기들이 모여

해변이 되고 해변에는 모래알들이
모여들어 만든 이야기가 가득하다

바다 3

밤에 검은 파도 칠 때와
아침에 푸른 파도 칠 때는
바다의 느낌이 서로 너무 다르다

태양이 불타오를 때
힘차게 몰려오는 파도는
희망을 갖게 하는 뜨거운 물결이다

바다의 파도는 쉬지 않고
끝없는 희망을 갈구하며
절대로 놓치지 않고 계속해서 치고 있다

바다의 손을 보았는가
바다의 발을 보았는가

바람만 불면 태풍만 몰아치면
바다의 거대한 손과 수많은 발들이
바다 중심과 해변에 나타나
욕망을 채우려고 몸부림을 친다

바다의 손은 모든 것을 집어삼키려 하고
바다의 발은 수없는 발을 뻗쳐
해변을 쥐었다 놓았다 반복한다

바다는 무엇을 갖고 싶은 것일까
살아 있는 바다는 파도친다

산 1

밤새도록 어둠을 뒤집어쓰고
무슨 꿍꿍이속을 만들고 있을까

별과 달이 없는 밤은
얼마나 캄캄한 절망일까
얼마나 무서운 악몽일까

캄캄함 밤에 산은
무슨 생각을 하고 있을까
아무 말 않으니 속내를
전혀 알 수 없어 참 궁금하다

지나고 보면 아주 잠깐인
어둠 속에서도 아쉬움에 젖어
이슬을 맺어가고 꽃을 피워간다

바람이 미련 없이 떠나야 하는데
떠나지 못하고 꽃으로 피어났다

산 2

흘러가는 세월 속에
세찬 비바람 폭풍우 속에서도
끝까지 견디고 서 있는
위대한 산의 힘을 보라!

산은 왜 세대에서 세대를 이어가며
언제나 제자리에서
우뚝 선 채 잘 견디고 있는 것일까

새로운 싹부터 이름 모를 풀
하늘을 찌를 듯한 거대한 거목까지
서로 함께 산을 옹호하며 함께한다

산은 생명의 산실이다
산은 생명 줄을 이어가게 하는
위대한 힘을 지니고 있다

산은 우직하게 말없이 서서
이 땅을 지키는
엄청난 힘을 가지고 있다

길 1

삶이란 길이다

길을 걷다 보면 잘 갈 수도 있고
잃어버릴 수도 있고
찾지 못할 때도 있다

평화롭고 아름다운 길도 있지만
험한 길 비탈길 절망의 길도 있고
고통의 막다른 길을 만날 수도 있다

똑같은 길인데도
삶의 길이 이리저리 갈라져
좋아하는 사람
싫어하는 사람
포기하는 사람이 있다

기다릴 수 있다는 것은 희망이라
희망을 갖고 사는 사람들은
늘 마음과 발길이 찾아가는 곳이 있다

삶이란 가도 가도
끝나지 않을 것 같다가도
결국에는 어느 사이에 끝나는 길이다

길 2

원하는 길 찾기가
쉽지 않아도
갈 길이 없다고
절망하지 마라

모든 길은
누군가 처음 걸어
시작해놓은 길이다

내가 갈 길은
내가 만들어가는 것이다

달

캄캄한
밤하늘에
누가 그려놓았을까

아주 잘생긴
동그라미 하나
잘 그려져 있다

호수

누가 언제 아무도 모르게
아름다운 호수를 만들었을까
천년의 세월을 가슴에 담아 맑고 푸르다

어느 날 푸른 하늘이
온몸을 던져 풍덩 빠져버렸을까
호수에 하늘 눈물이 가득 모여들었다

푸른 하늘이 호수에 가득해
목마른 드넓은 땅에 커다란 술잔처럼
하늘 빛깔이 되어 푸르다

마음에 쏟아 담고 싶도록
누가 이토록 멋있게 만들었을까

푸른 호수에 하얀 구름 한 점
그려놓은 듯 한가롭게 떠 있다

한밤중 하늘에 떠 있는 달

허무해서 호수에 빠졌다

안개 사라질 때 눈뜨는 호수
기막히게 아름답다

물

물이 흐르지 않으면
물이 머물러 있으면
강이 아니다

물은 가릴 것도 숨길 것도 없고
아무런 미련이 없기에
가벼운 마음으로 주머니 털듯
훌쩍 떠나버린다

물은 욕심에서 떠나
아무것도 소유하지 않기에
마지막 한 방울까지 시들고 깡마른
땅의 목마름을 해소해주고 사라진다

물은 청정과 순수를 원하기에
늘 속이 환하게 드러나도록
언제나 투명하기를 바란다

바람만 불지 않으면
강물은 차분하게 착하게 흘러간다

냇물

흘러가는 맑은 물에
더러운 발 담그기가
못내 미안하다

세파에 시달려 찧고 까불다
내 욕심이 너무 사나워졌다

흐르는 맑은 물에
내 추하고 더러운 마음이
깨끗하게 씻겨 내릴까
많이 미안하다

노을

하루가 사라지고
죽어간다고
생각하지 마라

내일은
내일의 태양이
찬란하게 떠오른다

노을처럼

하루의 마지막 순간
태양이 보여주는 노을
지는 해가 그려놓고 떠나는 저녁 모습

이토록 아름다울 수 있다면
아무런 후회가 없을 것이다

하루 종일 찬란하게 빛을 발하며
온 세상에 초록을 선물하다가
하루를 마감하고 떠나는 시간
붉게 물드는 하늘을 보면 탄성이 터진다

아침의 시작도 아름답더니
저녁의 끝도 아름답다
내 가슴을 물들이는 노을처럼
언제나 찬란하게 멋지게 살아가는 것이다

아슬아슬하게 때우며 살았어도
우리의 삶도 마지막 순간까지
아무런 후회 없이 아름답게 살아가자

비가 오는 밤

쏟아져 내리는 빗소리가
그대가 날 부르는 소리 같아
생각의 소용돌이에 휘말리고
목이 마르고 못내 아쉬움이 남아
깊이 잠들지 못한다

항상 다가가고 싶어도
눈으로 볼 수 없는 그대를
그리움으로 보고 있다

이 밤에 미친 듯이 내리는
비를 다 맞고서라도
그대에게 달려가고 싶다

밤비는 내리는데
그리움은 쏟아져 내리는데
그대를 만날 수 없어
내 마음에 슬픔의 비가
억수같이 쏟아져 내린다

비

하늘이 답답해 비를 내렸나
하늘은 뭐가 슬퍼서 툭하면 비를 내릴까
세차게 억척스럽게 비가 내린다

밤이 새도록 비가
홀로 외롭게 내려 목마른 대지를
촉촉하게 적셨다

비가 그치자 깨끗하게 세수한
풀과 나무들이 찬란한 햇살을 받아
꽃들의 속삭임이 가득하다

초록이 살아나 빛나는 모습이
싱싱하고 참 아름답다

누구에게 보여주려고
저토록 신나게 자랄까

비 온 후 하늘이 맑으면
내 마음도 기분 좋고 거뜬하다

비 오는 날

비가 내리면
우산을 쓰고 거리를 걷는다

거리에 떨어지는 빗소리
우산에 부딪치는 빗소리를 들으며
천천히 거리를 걷는다

비가 잔잔하게 내리는 날은
혼자서 우산을 쓰고
걸어가는 것도 괜찮다

내리는 비에 외로움도 고독도
씻겨 내려가고 마음도 차분해진다

홀로 외로웠던 마음에
정겨운 빗소리가
다정한 친구 목소리처럼 들린다

비가 잔잔히 내리는 날은

홀로 우산을 쓰고
오래도록 마음이 촉촉이 젖도록
거리를 걸어보아도 참 좋다

행복한 날은 비가 내려도
비의 목소리조차 곱고 아름답게 들리고
비가 내려 온 세상이 고독에 젖는다

무지개

비가 한동안 세차게 쏟아지더니
언제 그랬냐는 듯이
맑고 푸른 하늘이 펼쳐진다

비가 내린 후에
하늘에 일곱 색깔 무지개가
선명하게 그려졌다

무지개는
비가 만들어놓고 떠난
일곱 색깔 추억이다

산길

그리워지면 너를 찾아
오래 걸어도 외롭지 않다

산길을 걷다 보면
친구가 많아진다

나무들과 인사를 나누고
야생화들과 눈 맞추고
새들과 대화를 한다

깊어가는 산길
숲 향기가 마음에 평화의 선물을 주고
아무 염려나 걱정 없이 걷는다

햇살이 찬란하게 비치는
산길을 걷다 보면
벅찬 가슴이 어쩔 수 없이 파도치고
내 갈 길이 새롭게 보인다

밤

무겁고 차가운 밤
온 세상이 고요하다
별은 밤을 지키는 야간 근무자다

수많은 별들과 달마저도 고요하고
밤길을 걷는데 별빛이 차갑다

어둠 속에서 촛불도
바람에 흔들리는데
캄캄한 어둠이 가득한
온 세상에 말 없는
고요와 침묵만 가득하다

달은 누가 보고 싶어
밤마다 뜰까
밤하늘 별을 따서 너에게 주고 싶다

달밤에 모두 다 고요한데
파도는 춤추고 강은 밤에도 흐른다

안개

구름이 떠돌다
너무 힘들어
내려앉은 것은 아닐까

안개 속에 들어가면
구름 속을 걷고 있는 기분이다

구름은 좋겠다
하늘에서 살고
땅에서 살고
물 위에서 살고
산에서 살 수 있으니
얼마나 좋을까

안개는 아름다운 그림 한 장
잘 그려낸다

별

밤하늘에 별들이
총총 박혀 있다

얼마나 많은 사람들의
간절한 희망과 소원이
별에 박혀 있을까

얼마나 많은 사람들의
가슴 터지는 고통스러운 한숨이
별에 박혀 있을까

얼마나 많은 사람들의
간곡하게 원하는 사랑이
별에 박혀 있을까

얼마나 많은 사람들의
가슴에 또렷하게 원하는 희망이
별에 박혀 있을까

산양

들판에서 자유롭게
풀 뜯고 평화롭게 살아야 할 양이
산으로 갔으니 얼마나 힘들까

가파른 오지는 먹을 것을 찾기도 힘들고
숨을 곳을 찾기도 힘들다

순간순간 나타나는
맹수에게 잡아먹힐까
뼈에 사무치게 숨소리 죽이며 속을 끓이고
피 말리며 앞이 캄캄한 두려움 속에서도
아무 주저 없이 간다

한순간 모든 것이 수포로 돌아갈
험한 산에서 살아
늘 목마른 산양은 외롭고 쓸쓸하다

산양은 들판을 버리고
모질게 살아야 할 곳을 찾아간다

동굴

참 모를 일이다
숨죽이며 흘러간 세월이 담겨 있는
은둔의 땅의 뚜껑을 열고
깊고 길게 동굴을 만들어놓았다

무엇을 하려고
무엇을 숨겨놓으려고
이런 동굴을 만들었을까

오랜 세월 갑갑한 땅에
숨구멍을 뚫어놓았다

어두운 동굴에서 진통을 겪으며
석순과 종유석이 자라나
서로 만나 천년의 입맞춤을 하며
모든 세월을 지켜보고 있다

짐작할 수 없이 흘러간 세월이 숨어 있던
동굴 속의 수많은 이야기들을

터널 속을 달리는 기차처럼

물이 세차게 흐르며 들려주고 있다

사막

가도 가도 삭막하다
귀를 닫고 마음을 꽉 닫았다
모든 것을 단념하고 끝냈다

끝없이 펼쳐진 물기 없는 땅
자연도 포기한 듯
초록이 머물지 않는다

온 땅이 저주받은 듯
생명이 한풀 꺾이고
물기가 바싹 말라버렸다

흙

대지의 주인은 흙이다
흙은 언제나
자신의 땅을 지킨다

천재지변이 와도
폭풍과 태풍이 찾아와도 지키고
비가 내리고 눈보라가 쳐도
흙은 살아남아서 땅을 지킨다

흙은 살아서 아무 망설임 없이
생명을 나누어준다
나무를 만들고
풀을 만들고
꽃을 만들고
열매를 만들어서
끊임없이 생명을 선물해준다

선인장

어떤 마음일까
어떤 생각일까

얼마나 쓰리고 아파서 몸부림을 쳤으면
가슴의 응어리를 풀 수 없어
온몸에 가시가 돋을까

척박한 땅에서 모래바람 견디고 살면서
온몸을 관통하는 고통을 겪으며
상한 죄책감에 가시뿐인 삶을
처연하게 사는 이유는 무엇일까

삭막함 속에서도
처절함 속에서도
오직 살기 위하여 몸부림친다

모든 걸 체념하고 갈증에 목이 타도록
마음의 매듭을 풀 수 없어
새로운 것을 갈망하는 마음으로

가시로 보여주는 것일까

잎은 가시로 변하고
줄기마저 변형되어 아파하고 성장하며
가시 속에 꽃 피니 성깔이 대단하다

나비

나비는 누구를 찾으려고
날고 또 나는가

눈치 보지 않고
허공을 마음껏 나는
나비 한 마리의 자유로운 모습이
얼마나 위대한가

만물의 영장이라는 인간은
허공을 잡을 수 없고
하늘을 날 수도 없는데

우주 속의 작은 점 하나같이
하찮게 보일 수 있는데
자신이 원하는 곳으로
언제나 마음껏 날 수 있다니
얼마나 놀라운 축복인가

늘 종종거리며 사는 일이 많은데

저 푸른 하늘을 마음껏 나는
나비 한 마리의 자유는
얼마나 놀랍고 위대한 몸짓인가

돌탑

산길에 쌓아놓은
돌탑에는 오고 간 사람들의
간절한 바람이 가득하다

가슴속에 못다 풀고
간절히 묶어놓았던
수많은 바람들이 고요한 합장과 함께
돌 틈과 돌탑 위에 쌓인다

돌탑은 막다른 절벽 위에 서 있는 듯
고단한 삶을 살아가는
사람들이 원하는 것을 위하여
남겨놓는 흔적이다

돌탑이 있으면
힘들고 괴로운 자들이
잠시나마 쉼을 얻고 떠난다

달팽이

뛰지 못하고, 걷지 못하고, 날지 못하고
슬금슬금 기어 다녀도
자기 나름대로 살고픈 삶을 살아간다

시련의 늪이 얼룩을 만들어도
살아 있는 것들은 모두 다
그들만의 존재 이유가 있다

당신의 삶을 사랑하고
당신의 삶을 마음껏 즐겨라

달팽이처럼 아주 천천히 기어 다녀도
자신만의 꿈과 희망을 갖고
하고 싶은 일을 하며 살아가라

.... 2부

행복 1

사람마다 행복을 느끼는
방법에는 차이가 있다

어떤 사람은 아주 작은 것에서
행복을 찾고
어떤 사람은 욕심의 노예가 되어
만족을 느끼지 못한다

자족하는 마음
감사하는 마음이 있는 사람은
행복을 느끼며 살아간다

불만이 가득하고 불평이 잔뜩 낀 사람은
늘 불행하다는 생각을 먼저 한다

행복은 마음 중심에
무엇을 갖고 사느냐에 따라
달라지는 것이다

자신이 행복하다고 생각하고
행복하게 사는 사람은
하늘의 축복을 받은 사람이다

행복 2

앙금이 가득해 아프고 힘들었던
세월도 잊어버리고 떨쳐버리고
서로 마주 보며 웃을 수 있으면 좋겠다

하늘 아래 남부럽지 않게
행복하면 아무것도 바랄 것 없다

행복이 얼마나 좋은지
광대뼈에서도 웃음이 터져 나와
콧잔등이 간지럽다

웃음은 하늘이 선물한 마음의 행복이다
당신을 위하여 웃음 한 묶음
선물하고 싶다

행복하게 살고 싶다면
해바라기처럼 늘 해맑게 웃으며
즐겁고 기쁘게 살아가라

기다림

삶이란
기다림이라는 줄이다

기다림도 다시 온다는
확신만 있으면 지루하지 않다

태어날 때부터 삶이라는 줄에
매달려 순서를 기다리며 산다
더디 와서 걱정했더니 찾아와 반갑다

이 기다림의 줄은
어떤 다른 줄을 연결할 수 없고
중간에 함부로 끊어도 안 되고
뛰어넘어서도 안 된다

기다림은 올 때는 순서가 있지만
떠나갈 때는 중간중간 떨어져 나가는
순서와 관계없는 삶이라는 행렬이다

그리움 1

눈물 없이 떠나보낸 줄 알았더니
아스라한 슬픔에 외톨이가 되어
병든 그리움 아픈 눈물이 흐른다

떠나고 나면 잊혀
평온이 찾아올 줄 알았는데
그리움이 파도친다

떠남의 아픔에 그리움의 핏줄마저
끊어져 버린 줄 알았더니
녹슨 가슴에 무한하게
슬픈 이별의 흔적이 남아 간당거린다

먼저 흘러간 세월이 그리워져
그리움이 어느새
설핏 다가온 줄 알았더니
떠날 줄 모르고 떠나지 않는다

그리움 2

세월의 말뚝에 묶여
질질 끌려다니며 살다가
지워버려도 남아 있는 그리움

하루가 떠나는 하늘은
노을빛으로 물드는데
회오리치는 마음을
어디까지 올라가야 만날까

어디론가 떠나는 세월은
다시는 돌아오지 않는데
가슴이 조마조마하도록
그리움이 막무가내로 사무쳐
밀어내면 만날 수 있을까

어둠의 시간이 지나면 아침이 오는데
죽어라 막막했던 사랑
다시 생생하게 꽃피울 수 있을까

생각

내 생각은
내가 알고 있는 것에서 나온다

내 생각이 편견이 될 때
잘못된 판단을 내린다

내 생각은 내 안에 있는 틀에
갇혀 있고 고정되어 있어 한계가 있다

내 생각의 담을 뛰어넘어
남의 생각도 받아들여야 한다

내가 알고 있는 것은 지극히 적어
내 생각으로 무조건 먼저
결정을 내리면
때로는 잘못될 수도 있다

생각의 폭을 넓히고
남의 것을 잘 받아들일 때

넓은 마음으로 세상을 바라볼 수 있고
넉넉한 마음의 여유를 가질 수 있다

얼마나 좋을까

불행한 일이
어제였다면 얼마나 좋을까

행복한 일이
오늘이라면 얼마나 좋을까

기대하는 일이
내일 일어난다면 얼마나 좋을까

햇살이 밤하늘에 별을 만들어
밤하늘에 옹이처럼 박혀 있는
수많은 별들이 눈물이 되어 빛난다

나중에

나중에 조금 있다가
그런 말은 하지 말아요

하고 싶은 일 있으면
원하는 것이 있으면
언제든지 합시다

무슨 까닭으로 무슨 이유로
못 할 것이 무엇입니까
팔을 걷어붙이고 한번 해봅시다

태양이 뜨면 어둠에서 해방되듯이
하고 싶은 것들 원하는 것들을 합시다

눈물이 슬픔을 씻어줄 때
희망이란 쟁기로 마음밭을 개간하여
행복을 만들어갑시다

한순간 1

한순간 한때 아주 짧은 시간일지라도
마음에 담고 싶은 좋은 일이 있었다면
그 순간을 늘 기억하며 새롭게 살아가자

처절하고 고통스러운 불행이 아무리
자욱한 안개처럼 꽉 차게 끼었더라도
얽힌 실타래를 풀듯 풀어나가면
어떤 불행도 고통도 없는 듯 사라질 것이다

이 세상의 모든 일은 마음을 어떻게 갖고
행동하느냐 따라 판이하게 달라진다

얼마나 많은 사람이 아무 가치 없이
삶을 누더기처럼 기워가며
형편없이 억지로 만들어가는가

기왕에 살아야 할 삶이라면
모든 순간이 떠나 아쉬워지기 전에
한순간 한순간마다 삶을 멋지게 만들며
아름다운 추억으로 좋게 살아가자

한순간 2

확 지나고 나면
모든 것이 되돌아갈 수 없는
한순간이야

후회도 아차, 설마,
글쎄 하는 순간 일어나는 거야

살다 보면 다가오는 벼랑길 아찔한 순간
시련의 골짜기
고통과 절망도
근심도 걱정도 한순간이야

어떤 일들도
잘 견디면 이겨낼 수 있는 거야
무슨 일이든
지나고 나면 한순간이야

추억

너무 외로워서 그리움이 싹트고
홀로 바람에 마구 흔들릴 때
밤길을 걸으면 별빛이 차갑다

추억으로 남아 있는 지나간 시간들
마음의 흉터는 추억이 될 수 없는
고통이 지나간 흔적이다

삶의 뒤안길에는 추억이 쌓여 있다
그대가 자꾸 다가오는 것은 그리움 탓이다

사랑하는 이
보고픈 얼굴이 떠올라
추억의 숲을 돌아다닌다

시간이 지나간 자리에
세월이 지나간 자리에
추억이 남아 있다

마음의 그릇

나무는 세월이 흘러도
꿋꿋한 마음 변함이 없다
사람의 마음의 그릇이 삶을 만든다

마음이 구겨지면 세상도 구겨지고
마음의 크기에 따라
삶의 크기와 행복과
모양이 전혀 달라진다

그릇이 작으면 작게 담기고
그릇이 크면 큰 만큼
더 많이 담을 수 있으니
넓은 마음을 펼치며 살자

마음이 좁아지면 부족을 가리고 싶어 하고
모든 것이 좁아지고 헛된 마음이 되지만
마음이 밝으면 하늘도 푸르다

생생하게 살아 있는 깨끗한 마음으로
마음의 크기는 스스로 만들어가자

상상

생각의 끈이 풀어져 돌아다니고
끝없는 여행을 떠나
어디까지 돌아다닐지 모르겠다

끝없이 펼쳐지는 상상이 궤도를 이탈하여
오만가지 잡생각이 몰려들어
공상이 아니고 명상을 지나서
희망과 꿈이라면 얼마나 좋을까

상상이 결코 모든 것을
무너뜨리는 헛된 것은 아니라
즐거운 미래를 선물한다

수많은 상상이 현실이 되어갈 때
수많은 변화가 일어나고
새로운 변화의 물결이 밀려온다

꿋발 세고 확실한 즐거운 상상은
살기 좋은 세상 기분 좋은 미래 속에

행복을 만들어가고
이루지 못할 일들을 이루기 위해
한없이 여행을 떠난다

고독 1

세상이 너무 조용하다
날 부르는 소리가 없다
날 찾는 사람이 없다

고독이 온몸을 꽁꽁 묶어
어찌할 수 없어
내 마음은 외로운 섬이 되었다

세상은 넓은데 사람들 속에서
나만 혼자 갇혀버려
가슴의 뼈마디에서
신음 소리가 난다

입술을 깨무는 아픔 속에
내가 내 안에 갇혀
누가 찾아오기를 바라는
마음의 오지에 있다

홀로 벤치에 앉아 있을 때
고독이 찾아온다

고독 2

내 머리가 깊은 생각에 몰입하여
깊이 빠져버렸다

나만이 알고 있는 지독하고
처절하고 견딜 수 없는 고독

형편없는 몰골로 고독의 첫 줄에
내가 홀로 서 있으면
자꾸만 물음표가 생기고
눈동자 속에 슬픔이 보인다

밤이 깊으면 속이 타
고독이 더욱 깊어가고
커피가 아니라 고독을 마신다

꼭꼭 닫혔던 마음의 옷깃의
단추를 풀어놓으며 나는 시를 쓴다

달빛이 선명하게 밝으니
고독이 뚜렷해진다

고독 3

한밤 깊은 어둠 속에
고독이 쌓여가는데
혼자 들고 있는 술잔은 쓸쓸하다

밤은 깊어가고 바람은 불고
파도는 세차게 몰아치고
마음은 구겨지고 큰 구멍이 뚫렸다

모든 문이 닫히고 온갖 생각이 들끓어
가슴을 찌르는데
마음에 울타리를 쳐놓고
망망한 외로움 속에 혼자 남았다

단풍 든 낙엽이 떨어진 만큼
고독이 수북하게 쌓여간다

마음이 흔들리는데
잠시 잠깐도 붙잡아 줄 사람이 없어
고독의 끝에서 너를 만나고 싶다

책을 읽어도 외로워
고독할수록 추울수록
따뜻한 모닥불이 그립다

고독 4

세상에서 버림을 당해
모든 것에서 끊어져 홀로 남아
외로움의 씨앗이 까맣게 익어간다

홀로 떨어져 쓸쓸함에 매달려
마음과 생각과 숨결조차
괴로움에 빠져들고 있다

피곤한 손과 연약한 발이
힘겹게 고독의 줄에 매달려 있으니
모든 것이 헛되고 잘못되었다

고독의 안개가 자욱하게 끼고
사나운 바람이 거칠게 불어닥친다

바쁜 듯이 화살같이
달아나는 시간 속에서도
고독은 떠나지 않는다

삶의 마지막도
저녁노을처럼 아름다우면
얼마나 좋을까

삶의 마지막도
저녁노을처럼 아름다우면
얼마나 좋을까

고독 5

흘러가는 한적한 강물 위에
뱃사공도 없이
싸늘하게 배 한 척 떠 있다

나는 사람들 속에 홀로 떨어진 섬
외로움과 괴로움이 가득하다

고독은 하늘의 별이 되었고
다도해 섬들도 고독해 함께 모여 살아가고
깊은 산속 산사 흘러간 세월도
고독도 눈도 쌓여 있다

이 넓은 세상에 만날 사람이 없다
그리움이 깡그리 지워진 줄 알았는데
아직 미련이 남아 있다

내 곁에 아무도 없어
너무 쓸쓸하고 고독하면
가슴 깊이 외로워
네가 보고 싶어 눈물이 난다

세월 1

모두가 분주한 거리에서
나만이 한가롭다

영혼을 찌르는 손가락들 속에
답답하고 힘들었던 날
고통스럽던 날 마음이 구겨져
힘들고 안쓰럽던 날
마음에 눈물이 핑 돌고 차가움이 흐른다

못 견디게 괴롭던 시간도
지나고 나면 추억이 되고
나의 삶에 버팀목이 되어
든든한 산맥이 되어 있다

세월이 떠나도 흔적이
마음에 남는다
이별은 짧은데 그리움은 길다

세월 2

내 마음에 고인 듯 머무는 듯하던
세월이 흘러가는 것이 안타깝다

사랑을 하면 천하를 얻은 듯 좋은데
사랑이 떠나면 모든 걸 잃은 듯
섭섭하고 서글프다

그리움에 숨이 막혀오는데
마음 설레던 시절도
아련한 추억이 되고 진종일 쓸쓸하다

밤이 깊으면 깊을수록
곤추서는 고독 속에 자꾸만 눈물에 젖는다

치열했던 일들도 잔잔해지고
세월은 모든 것을 잊게 만들고
세월은 모든 것을 흐릿하게 만든다

흘러가는 세월 속에

결국에는 모든 것이 떠나고
하나도 남김없이 떠나고 사라진다

부부

나이 들고 늙어갈수록
모두 다 떠나고
결국에는 둘만 남습니다

부모도
자식도
친구도 하나 둘 떠나가고
우리 둘만 남습니다

당신이 너무 소중합니다
언제나 건강하기를 바랍니다

우리의 남은 인생
우리 함께 아름답고 멋지고
소중하게 살아갑시다

감사

내가 붙잡지 못하고
손가락 사이로 빠져나가고
사라진 것들에 미련 갖지 말고
나에게 주어진 축복을 감사하자

터무니없이 떠나간 것들보다
허락되고 주어진 것에 감사하자

한 줌도 안 되게 부족한 것보다
지금 있는 것에 감사하고
떠나간 세월보다
남은 세월에 감사하며 살자

꿈길

잠들면 꿈길이라 가까운 길
먼 길 가고 또 갔는데
깨어나면 어디로 갔는지
까맣게 잊어버렸다

때로는 꿈길이라 사랑하는 이
만난 듯 이리도 기분 좋게
가슴이 자꾸만 설레고 뛴다

사람

사람은 어디서
어떤 생각을 하고
어떤 일을 하고 사느냐에
따라 달라진다

한평생 살면서도
어지러움 속에 엄청나게
불행하게 사는 사람도 있고
무척 행복하게 사는 사람도 있다

누구를 만나고
어떤 일을 하고
어느 신을 믿고
어떤 믿음을 갖고 사느냐에 따라
삶의 모습이 달라진다

당신은 어떤 삶을 살고 싶은가
끌려다니며 살 것인가
자유를 누리며 살 것인가

그때가 좋았다

그때가 좋았다
아무것도 모르고 부족해도
어려운 걸음으로 힘들게 살아도
서로 사랑할 때가 좋았다

모든 걸 이해하고
모든 것이 감사하고
모든 것이 고맙고
서로 사랑하고 모든 게 좋아
늘 양 볼에 웃음이 가득하고
어깨가 가볍던 그때가 좋았다

그때가 좋았다
서로 사랑하기에
앞뒤 재지 않고 모든 것 믿어주고
무조건 이해하고 따라주었다

언제나 함께해주고
서로 스스럼없이 아무런 부끄럼 없이

잘 어울려 살며 꿈이 가득하던
살맛이 나던 그때가 참 좋았다

뒤돌아보니

뒤돌아보니 세월이 너무 쉽게 떠난 듯해도
모두가 소중한 시간이다

나에게 단 한 번의 삶이
찾아오고 주어진 것도
선물같이 고귀하고 아름답다

이제 와보니 안타깝게
떠난 사람들도 모두가
소중하고 귀한 사람들이다

나의 삶 동안에 만나고 헤어진 사람들
지금은 만날 수 없는 사람들도
참으로 소중한 만남이었다

살다 보니 모든 것이
후회되기보다 한탄스럽기보다
추억으로 남았다

힘들었던 순간도 고달팠던 순간도
포기하고 싶었던 절망스러운 순간도
잘 이겨내고 세월이 흐르다 보니
다시는 돌아갈 수 없는 날이 되었다

기쁨

아주 조그만 일이라도
감동하고 기뻐하면 즐거운 감성이 살아나
밝게 웃을 수 있다

슬픔은 슬픔을 불러들이고
기쁨은 연이어 기쁨이 찾아오게 한다

즐거운 마음으로 살아가면
기분 좋은 일이 자주 생겨나지만
삐딱한 마음으로 살아가면
늘 안 좋은 일이 스며들어 온다

늘 감사하며 기분 좋게 살아야지
때 묻은 마음으로 못나게
화내는 일을 만드는 것은 어리석은 일이다

맑은 마음으로 웃을 수 있는
말과 행동을 하며 살아야 한다

남을 기쁘게 하는 일은
자신을 행복하게 하는 일이 되고
기쁨은 슬픔을 압도하여
모두 다 둥근 마음으로 행복하게 만든다

재미

삶은 재미가 있어야
지루하지 않다

삶의 재미는 남이 주는 것도 있고
스스로 만들어가는 것도 있다

삶의 재미를 알고 만들고
느끼는 사람들은
어디서든지 만족을 느껴 행복하다

아이들은 그들만의 세계 속에서
재미를 만들고
즐겁게 뛰논다

삶의 재미는
선물이 아니라
스스로 만들어가는 것이다

벽

벽이 막아주고 가려준다고
어리석게 생각하지 마라

벽이 감추어주고
보호해준다고
미련하게 착각하지 마라

사방이 벽이면
세상으로부터 모두 끊기고 갇혀
동떨어진 곳이 되고 만다

벽이 도리어 소외되고
고립되고 쓸쓸하게
외톨이가 되게 만든다

그늘

빛이 있어도 그늘은 있고
어둠 속에서도 더 짙은 그늘은 있다

건물의 몸집만큼
건물의 높이만큼 그늘이 생긴다

사람의 욕심만큼
사람의 교만만큼 그늘이 생긴다

그늘을 외면하고 모른 척하면
큰일을 제대로 할 수가 없다

그늘이니 어쩔 수 없다고 방관하면
그늘은 더 어두워지고
불행의 온도는 더 차갑게 내려간다

계절의 온도

사랑에 빠지면
내 마음은 봄 같다

사랑하는 마음이 갈라지면
햇볕 쨍쨍하게 내리쬐는
뜨거운 한여름과 같다

사랑이 떠나면
쓸쓸하고 썰렁한 늦가을 같다

사랑이 사라지면
마음이 꽁꽁 닫혀
차갑고 시린 겨울 한기가 가득하다

그날

그날
우리가 만나지 않았더라면
사랑할 수 있었을까

그날이
우리를 만나게 해주었으니
얼마나 소중한 날인가

그날
당신을 만나지 않았더라면
지금처럼 행복할 수 있을까

지금은 추억이 되어버린
그날
우리가 처음 만났던
바로 그날이 참 좋은 날이다

문득

꺼질 듯 꺼질 듯 소멸해가고
아쉽고 막막하게 사라졌다가
문득 그리움에 생각이 나서 한스럽고
안타까운 마음에 벼랑에 서 있어 그립다

단 한 사람 사랑함이 이리도 소중한가
내 심장에 박히고 늑골에 스며드는
그리움 하나 그려진다

문득 안타깝게 생각이 나서
슬프고 괴로운 마음에
뼛속 깊은 속살까지 그리움이 파고들어
몸부림치게 보고 싶다

어쩌다 사무치도록
내 삶이 하나하나 찢겨나가고
가슴이 저며오도록 생각이 나서
자지러지게 아린 마음에 달려가고 싶었다

오늘

만남이 이리도 좋으면
진작 만날걸

만남이 이리도 좋으면
서둘러서 만날걸

만남이 이리도 좋으면
마음을 맞추어 함께 살걸

오랜 세월이 지난 후
어쩌다 문득 생각이 나도
참 좋은 하루이고 싶다

매듭

허기가 배 안에 가득해
삶이 질퍽이고 힘들 때
매듭 하나 질끈 동여매
잘 끝내놓으면
마음이 한결 편하다

삶의 그늘이 추워서
햇볕을 찾고 싶도록
고단하고 서러울 때
매듭 하나 꽉 조이고 매면
발길이 한결 가볍다

갈대가 마음의 매듭을 묶어놓으면
세찬 바람에 흔들리는 목숨
끝에도 꽃이 핀다

용기

이 얼마나 멋진 말인가
이 얼마나 대단한 행동인가

이 세상에 살고 있는
얼마나 많은 사람이 갈피를 못 잡고
힘없이 좌절하고 낙망하고
포기하고 절망하고 실패하며
비참하게 살아가고 있는가

세상 사람들아
용기를 가져라
거짓을 짓밟고 일어서자
용기를 내라! 재미를 붙여라
열정을 마음껏 쏟아부어라
삶을 가치 있게 살아가자

희망과 행복이 손에 잡히면
삶의 모습이 달라진다
당신의 표정이 달라진다

당신의 내일이 달라진다
당신의 인생이 새롭게 태어난다

숨은그림찾기

내가 태어나 한 것은
숨은그림찾기였다

꿈을 찾아
희망을 찾아
사랑을 찾아
늘 휘돌아다녔다

날마다 찾고 찾아도
끝이 없다
인생은
숨은그림찾기다

변화

변화가 없고 움직임이 없으면
무덤 속에서 사는 것과 같다
시체가 움직이는 것을 보았는가

부지런히 움직이지 않으면
재빠르게 행동하지 않으면
죽음이 더 빨리 찾아온다

구석은 쫓기는 것들의
외로운 자리니 서둘러서
삶의 중심에서 뜨거운 가슴으로 살자

살아 있는 것은 움직이고
새로운 변화를 시도하고
든든한 삶의 둥지를 만들고
살아 있는 것은 꽃을 피운다

아침 1

어둠이 다시는 안 돌아올 것같이
줄행랑을 친 하루 시작이
아침이라는 것이 행복하다

태양이 떠오르고 어둠이 사라지고
햇살이 꽃 피듯 가득한 시간에
가뿐하고 기쁜 마음으로 하루를 연다

지난밤에 잠을 통하여 쉼을 얻고
마음의 여유를 갖고
태양이 뜨는 찬란한 아침에
하루를 시작하는 것이 참 기쁘다

아침은 세상의 어둠이 도망치는 시간
새롭게 새날의 꿈을 이루어가는 시간
꿈이 열매를 맺어가는 시간

나에게 주어진 하루를 풋풋한 마음으로
새로운 희망을 찾아

힘찬 발걸음으로 출발하겠다

다가오는 것은 희망이 되고
흘러간 것은 추억으로 남는다

아침 2

아침이 문을 열면
태양이 빛을
온 땅에 쏟아놓아
생기가 돌기 시작한다

푸른 바다에 쏟아놓는
울부짖음 소리에
파도는 해안가로
아침을 끊임없이 몰고 온다

이 아침
푸른 하늘을 보며
힘을 얻고 용기를 얻어
다부지고 강한 마음으로
힘차게 하루를 시작한다

바닷가 아이들

해변에 모래성을 쌓아놓고
너무 좋아서 아이들이 빙빙 돌며 춤춘다

모래성이 마치 거대한 성이라도 되는 것처럼
아이들은 정말 기뻐하며 노래를 부른다

아이들은 자기들이 성을 쌓아 완성했다는
기쁨과 만족감에 감동하며 춤을 춘다

아이들의 꿈이 바닷가 모래성에서
활짝 피어나기 시작한다

아이들은 이제는 무엇이든지
해낼 수 있는 자신감이 충만하여
찌들지 않은 밝은 얼굴로
즐겁고 기쁘게 웃으며 춤을 춘다

숲 속 음악회

목마른 갈증이 가득한 여름에도
자유가 넘치는 숲 속에 들어가면
바라만 보아도 기분이 상쾌하다

숲 속에서는 날마다 음악회가 열려
새들이 노래하고
바람결에 나뭇잎이 흔들리고
물 흐르는 소리 벌레 우는 소리
모두가 하나가 되어 아름다운 음악이 된다

숲 속 노래를 듣고 있으면
마음에 평화가 찾아들고
마음이 깨끗하게 정화된다

숲이 전해주는 음악 속으로
초록 숲 여행을 떠나면
숲을 찾는 것이 얼마나
행복한 일인지 알 수 있다

가파른 절벽도 풍경이 되면 아름답다
숲 속 자연의 명곡은
삶의 시름을 깨끗하게 씻어주고
숲의 노래가 생명을 살린다

밤 기차

하루의 마지막 자정을 달리는
밤 기차는 똑같은 기차인데도
왠지 더디 가는 것만 같다

달리는 기차 창밖으로 보이는
뚝 떨어진 외딴집 하나
왠지 외롭게 보인다

어둠을 뚫고 세상 속
인생의 막간을 달리는 기차 속에서
피곤이 몰려와 힘이 든다

밤 기차는 왠지
질기게 이어가는 삶처럼
어둠의 무게만큼
무겁게 천천히 달리는 것만 같다

밥

정신없이 돌아가는 세상에서
맛있는 밥을 먹는 일은
참 즐거운 일이다

일하는 즐거움과
먹는 즐거움에 사는 맛
재미를 느낀다

훈훈한 밥 냄새에 끌려
밥 한 그릇 맛있게 잘 먹으면
세상 부러울 것 없다

연

어차피 한순간이지만
날아오르려면
높이 날아올라라

헛된 욕망의 줄 끊어지면
모든 것이 한순간이지만
의미가 있고 희망이 있다면
아무런 후회는 없다

아쉬운 시절에도
희망으로 날아라
하늘 높이 훨훨 날아라

구두끈

아주 작은 일이지만
구두끈을 제대로 맬 수 있을 때
삶은 그만큼 마음을
굳게 다지며 살아가는 것이다

마음의 끈이 잘 묶여 있는 것과
제멋대로 풀어져 있는 것은
마음가짐과 질서가 다르다

마음을 굳게 다지며 살아가는 것과
마음이 제멋대로 풀어져
자기 마음대로 살아가는 것은
결과는 판이하게 달라진다

공

공은 시련을 즐긴다
던져지고 차이고 맞아도
골대에 골인할 때의
절대 쾌감을 잊을 수 없다

공은 갖고 있는 사람이
모든 것을 주도한다

공은 둥글다
구르고 굴러서
어디론가 떠나고 싶다

물 한 방울

이 작은 물 한 방울이
놀랍고 고귀한
소중한 생명의 시작이다

씨앗을 눈 뜨게 해
새싹을 틔우고
모든 생명을 살린다

모든 것은
아주 작은 것에서
시작한다

어부

고기를 잡는 어부는
얼마나 마음이 강하고 대단한 승부사인가

그 넓고 넓은 바다에
작은 그물 하나로 고기를 잡고 산다는 것이
결코 쉬운 일이 아닌데
평생토록 도전을 포기하지 않는다

비바람이 몰아치고 거센 태풍이 와도
어부는 바다와 싸우지 않고
자신과 싸워서 늘 이겨내는 것이다

자신이 살아온 삶에서 터득한
노련한 경험과 판단으로
넓고 넓은 바다에서 언제나 고기를 잡아낸다

어느 계절에 어느 물고기가
어디서 잡히는 줄도 알고
어느 때에 그물을 던져야 하고

어느 때에 그물을 걷어야 하는지를 알고 있다

누구나 어부처럼 삶을 산다면
세상이라는 바다에 열정의 그물을 던져
꿈과 희망을 건져내며 살아갈 것이다

········ 3부

꽃

봄이 와 언 강이 녹아 흐르면
겨우내 숨어 있던
꽃들이 피어나 꽃 천지가 되고
온 세상이 신바람 난다

밤사이 이슬에 세수하고
햇살 놀고 있던 자리에
속마음 몽땅 꽃으로 피어나니
예쁘고 아름답다

꽃들은 왜 그럴까
아무도 모르게 피었다가
아무도 모르게 지는 것일까

갈대는 흔들려도 한결같이 서 있고
국화는 가을에 노란 웃음
한 줌으로 피어난다

꽃들이 피어나면

모든 풍경은 한층 더 아름답지만
꽃이 떨어지면
그 슬픔을 어찌 감당할까

꽃 한 송이

삭막한 사무실 책상에
예쁜 꽃 한 송이 놓아두면
분위기가 살아난다

사랑하는 이에게 뜻밖의
꽃 한 송이 선물하면
사랑이 힘껏 살아난다

꽃 한 송이가 피어나는 것을
볼 수 있는 것도
꽃향기를 온몸으로 느낄 수 있는 것도
참으로 감동을 주는 일이다

죽음의 불꽃에 타는 날까지
내 마음속에 사랑이란 이름의
꽃 한 송이 피워가는 것도
영영 잊지 못할 행복이다

꽃씨

작은 꽃씨 안에는
어마어마한 내일이
숨어 있다

초록의 잎과
아름다운 꽃과
풍성한 열매가 가득하다

작은 꽃씨 안에는
내일을 꽃피울
희망이 가득하다

들판에는 언제나
싹트는 소리가 가득하다
행복하면 풀꽃도 따라 웃는다

봉선화

단풍 드는 가을
누이의 손톱을
빨갛게 물들이며
다시 피어나는 꽃

찔레꽃

세상의 한과 설움을 모두 안고
찔레꽃이 보란 듯이 피어났다

이 세상에 눈물이 가슴에 핑 도는
아픔이 없는 이가
어디 어느 곳에 있는가

이 세상에 고통이 없는 이가
어디 어느 곳에 있는가

찔레꽃도 몸부림치듯
애잔한 슬픔에 목 놓아 울 일도
모두 다 가슴에 담고
그늘지고 음침한 돌무더기 속에서 피어났다

울먹거리도록 가슴 아프게 피어난
찔레꽃 향기가
코끝과 가슴을 찔러 와
아프고 애잔한 마음을 달래준다

목련

한겨울 시퍼런 칼바람에도
목숨을 건져온 목련은
꽃 피는 봄날 가지가지마다 피어나는
꽃 하나하나마다
그리움의 등불을 밝혀놓는다

봄 햇살에 흠뻑 젖어 꽃 피는 목련은
누구를 그토록 기다렸을까
누가 그토록 보고 싶었을까

목련은 따사로운 봄날 가지가지마다
온 세상이 환하도록 하얀 꽃잎이
그리움의 꽃 피워낸다

겨우내 가슴속 깊이 감추어놓았던
엄두도 내지 못하던 그리움의 속내를
한순간 꽃으로 피워낸다

이토록 아름답게 피어나는 목련을

사랑하지 않을 사람이 있을까

목련이 혹시 나를 꽃 피며
기다린 것은 아닐까
한순간 착각을 해도
왠지 상쾌하고 참 기분이 좋다

해바라기

한여름 내내 수많은 날 동안
우뚝 서서 잘도 자라
그리움의 세월이 목을 기다랗게 키웠다

가을이 성큼 다가오면
잘 뛰어노는 아이들처럼
쭉 뻗은 늘씬한 몸매
커다란 얼굴에 햇빛 웃음이 가득하다

해바라기가 고통 많고 절망 많고
슬픔 많은 세상을 바라보며
세상 사람들에게 행복을 주려고
해맑은 웃음을 선물해주고 있다

복잡다단한 세상에서 마음이 찢기고
상처받은 사람들에게
오히려 바보처럼 사는 것이 좋다고
밝게 웃으며 사람답게 살라고 한다

귀찮게 하고 못살게 굴고
힘들게 하는 세상을 바라보며
모든 걸 떨쳐버리고 단순하게
행복하게 살라고 아주 기분 좋게 웃고 있다

영산홍

봄이 오면 봄맞이하고 싶어
아이들이 달음질치며 놀던
산언덕 곳곳에 분홍 치마
다홍 치마 펼치며 피어난다

영산홍을 바라보면
가슴이 콩콩 뛰도록
봄의 정취가 한껏 느껴진다

영산홍 꽃망울이 터져
봄꽃으로 피어나
봄바람에 춤추는 나비처럼 흔들리며
봄소식을 전해준다

영산홍 피어나면
봄은 더 아름다워지고
첫사랑 붉은 입술을 잊을 수 없어
찬란한 햇살 아래
싱그러운 추억으로 남는다

민들레

봄날 어디서나 쉽게
만날 수 있는
웃음기 가득하고
숫기 좋은 노란 민들레

제 얼굴이 아주 예쁜 줄 아나
쭉 뻗은 가냘픈 줄기에
작은 얼굴에 꽃이 참 곱게 피었다

민들레 곰살맞게 웃는
노란 꽃잎에 아이들의
웃음이 가득하다

맨드라미

맨드라미는 왜 그럴까

맨몸 맨 가슴을 그대로 드러내어
붉게 피멍 들어 피맺힌 가슴으로
붉게 꽃을 피우는 것일까

머리끝에서부터 발끝까지
맨몸으로 간 졸이던 속마음을
보여주고 싶은 것일까

번뇌로 온갖 고민이 몰려 복잡하고
흉하고 부끄러워도 몸을 사리고
감추고 싶은 것이 없기 때문일까

맨드라미는 왜 맨몸 맨 가슴으로
붉게 꽃을 피울까
타고난 운명을 만들어가는 것일까

노루귀

봄에는 만나는 모든 것이 반갑다
하늘도 산도 들도 강도
사람도 정겹고 반갑다

긴 겨울이 지나고
모처럼 찾아온 노루귀는
봄 길 따라 찾아온
정겹고 반가운 여인이다

봄밤에 달빛이 밤새
꽃잎에 향기를 뿌려주었는지
꽃향기가 너무나 좋다

봄 길을 가다 보면
산 들 곳곳에 마을 여인들이 다 나와서
마중하는 것처럼 노루귀가 피어난다

이 봄에 무리 지어 활짝 웃으며
하얀 웃음을 보여주는
사랑하는 연인처럼 반갑고 좋다

야생화

세상 살기 싫어 산으로
도망쳐 나온 꽃들이 야생화다

야생화 꽃 피우는 이슬 한 방울에
천년의 세월이 담겨 있다

산길을 많고 많은 사람들이
무심히 왔다 가도
꽃을 아름답게 피우는 야생화는
외롭고 쓸쓸하다

눈이 오나 비가 오나
아무도 가꾸고 돌보지 않아도
드넓은 들판에 신명 나게
자유롭게 자라난다

밤낮을 가리지 않고
끈질기게 돋아나
청춘을 몽땅 쏟아부어

마음껏 꽃 피우는 야생화가
꿈결처럼 피어올라 참 예쁘고 경이롭다

봄

봄은 초록 옷을 입은
청순하고 아주 어여쁜 여자다

모습을 볼 때마다
싱그럽고 향기롭고
순수하고 청초한
아름답고 고운 여자다

봄은 늘 그립고
언제나 풋풋하게
사랑하고 싶은 여자다

찬 겨울에 살아남아야
봄이 찾아오고
눈 녹은 물에 봄꽃 피어난다

봄 소리만 나도
들판에 꽃향기가 나고
참 좋은 싱그러운 바람이 불어온다

이 좋은 봄날

햇살이 화창하고 좋은 봄날
할 일 없이 심심하게
가만히 앉아 있을 수가 없다

눈부신 햇살 속에 이슬을 머금고
자지러지게 웃음꽃 터뜨리며
아름답게 피어나는 꽃들을 보러
우리 함께 꽃놀이 가자

이 좋은 봄날 시름을 잊게 하고
마음을 온통 흔들어놓는
꽃들이 만들어주는
멋진 춤판을 보지 않고
가만히 앉아 있을 수가 없다

우리를 부르는 곳으로 떠나
기막히게 좋을 사랑을 하자
마음이 즐겁도록 행복을 누리자
가슴 벅차게 신나도록 기뻐하자

봄 편지

한파에 온몸이 오그라들도록
숨죽이고 기다리던 봄이 오면
꽃샘추위 괴로운 날이 지나면
들판의 풀들도 고개를 들고 꽃을 피운다

살을 파고드는 혹한에
까무러치도록 떨리고 괴로웠던
춥디추운 겨울이 지나면
꽃 피는 계절이 찾아온다

다양한 풀꽃들이
저마다 피어나
아름답게 봄을 장식한다

수선화는 봄 길을 걷다
우연히 만난 첫사랑이다

봄은 꽃들과 초록이 만드는
아름다운 계절이다

봄날 떨어지는 꽃잎이
몽땅 사랑의 편지다

이른 봄

봄에 제일 먼저 피는 꽃
붉은 아카시아와 금사슬이다

봄이 온다는 소식에
환영하며 꽃 피우며 반겼다

때아닌 함박눈이
한바탕 쏟아져 내리고 추위가 몰아치자
꼼짝 못 하고 꽁꽁 얼어붙었다

봄을 너무 일찍 성급하게
환영했던 모양이다

초록 잎과 꽃들은 봄소식 전하는
봄의 배달부이다

춘설

봄이 오는 길

꽃 피는 걸
시샘하듯 눈이 내린다

온 세상이 눈 천지다

때아닌 눈이라고
봄이 오는 걸 막을 수 없다

춘설이 내려도 잠시뿐
녹고 나면 온 세상이 꽃 천지다

봄비

봄비는 비가 아니라 꽃비다

봄비 이슬비 가랑비가 부드럽게 내려
어깨를 흥건히 적신다

봄꽃이 피려나 보다
봄비가 앙상한 나뭇가지를
촉촉이 적셔주고 있다

겨우내 사지가 떨리는 추위에
제자리에 서서 꼼짝달싹 못 하고
표정을 잃었던 나무들의
표정이 살아나 꽃을 피운다

봄바람이 불어온다
실버들 바람이 소슬한 바람이
싱그러운 바람이 불어온다

봄꽃을 피우기 위해

바람이 다 모여들었다

봄바람이 나무들의
가슴속을 풀어 헤치자
봄꽃이 함박같이 방긋이
꽃망울을 터뜨렸다

봄바람

봄바람이 불면 온 땅이 한겨울 꽁꽁 싸맸던
옷고름을 풀고 마음껏 초록을 풀어놓고
꽃들이 다투듯 피어난다

봄바람의 바쁜 숨소리가 산과 들로
퍼져나가면 온 세상은 꽃을 피우려고
새싹이 푸릇푸릇 돋아난다

봄 햇살을 누가 펼쳐놓았을까
봄바람을 누가 펼쳐놓았을까
봄비를 누가 뿌려놓았을까
봄소식 전하는 바람의 행적을 추적할 수 없다

봄 햇살 봄바람 봄비에 용기를 얻어
온 땅에 꽃이 피고
초록이 마음껏 펼쳐지고 있다

봄을 반가이 맞이하니
온 세상에 햇살이 가득하고

봄바람이 놀다 간 자리마다
꽃들이 활짝 피어난다

바람 불고 온 땅에 비가 내리면
열매를 부르는 간절한 그리움으로
꽃이 피고 새싹이 돋아난다

꽃 피는 봄을 누가 막으랴

산천에 보란 듯이
꽃 피우는 봄을 누가 막으랴

겨우내 눈보라 성깔 난
세찬 바람에 꽁꽁 얼어붙은
한겨울도 가슴으로 잘 견딘 이유는
봄이 오고 있기 때문이다

언 가슴 녹이는 봄비가 내리면
땅이 젖고 싹이 나
산천에는 나무들이
일제히 꽃을 피우고 봄노래를 부른다

이 자유를 이 행복을 어느 누가 막을 것인가
모두 다 환영하고
모두 다 기뻐하고
모두 다 즐거워하는
이 봄을 누가 막을 것인가

가슴으로 느끼고
가슴으로 안고 싶어 하는
이 봄을 누가 막을 것인가

4월

꽃들의 세상 어디를 가든지
춤추듯 피어나는 꽃들을 만난다

봄날 꽃들이 꽃무리가 되어 피어나면
꽃숭어리가 곳곳에 눈에 띄고
꽃 멀미가 날 정도로 꽃향기가 진동한다

라일락 꽃향기가 소문도 없이 멀리 날아가고
튤립이 몸매를 뽐내듯 아름답게 피어난다

벚꽃은 봄날 찾아온 손님 중에 가장 화려한
잔치를 벌이다 떠나가고
개나리는 노래하다 떠나간다

온갖 나무들은
가을에 풍성한 열매를 맺기 위하여
가지마다 서로 다투듯이
꽃들이 피어나 만개한다

4월은 꽃들의 세상 어디를 가든지
봄꽃들의 축제가 한창이다

무더위

한여름에 숨이 탁탁 막힐 듯
덥다는 소리가
수없이 터져 나온다

하늘이 구름을 불렀나 보다
한순간에 먹구름이 몰려온다

세상 떠나갈 듯 속 시원하게
기분 좋게 소낙비가
떠들썩하게 퍼붓는다

이토록 속 시원한 한줄기 단비가 있을까
이 맛에 사는 즐거움을 느낀다

무지개는 비가 만드는
일곱 색깔 아름다운 추억이다

단풍

당신의 사랑으로 내 마음
곱게 물들었으니
나를 사랑해주세요

당신의 사랑으로 온몸을
아름답게 단장했으니
나를 사랑해주세요

내가 당신 곁에
머무를 시간은 이 가을
짧고 너무나 짧은 시간이니
나를 사랑해주세요

내가 낙엽이 되어
곧 떠나고 말 것이니
떠나기 전에
나를 사랑해주세요

가을 들국화 1

가을이 오는 길 반갑게 맞으려고
들판에 나갔더니 환한 웃음으로 피어난
가을 들국화는 달빛에 보아도 아름답다

홀로 바람에 흔들려 외로운데
나뭇잎은 핏빛 단풍이 들기 시작한다

붉은 단풍의 숨죽이도록 요염한 눈빛이
사람들의 눈길과 마음을 유혹하면
가을은 절정이다

귀뚜라미가 가을 내내
가을 노래를 힘차게 불러주니 고맙다

들판에는 소리 없이 잔잔한
들국화 웃음소리가 가득하고
가을 들판에 향기를 날린다

가을을 외롭게 지키는 들국화는

가을 소식을 전해주는
아주 반가운 가을 편지다

가을 들국화 2

들꽃으로 피어난 것이 행복하다
가을 빈 들판에 외로움이 모여들어
홀로 핀 하얀 들국화 눈매가
외롭고 쓸쓸해 보인다

가을 들국화를 보면
곱디고운 이웃집 누나가 보고 싶다

여름날 찬란했던 초록 나뭇잎들이
색색으로 단풍 들고 떨어져
하나도 남김없이 퇴장한다

붙잡지 못하고 떠나간 세월 속에
뼈만 남은 나무들이
홀로 자리를 지키며 바람이 불 때마다
앙상한 가지들이 바들바들 떨고 있다

가을 들판에 홀로 핀 들국화
내 모습인 양 서러운 생각에

애달픈 마음으로 발걸음을 멈추고
한 몸이 되어 쓸쓸하게 바라보고 있다

가을밤

바람마저 쓸쓸해 홀로 서러운데
벌레들이 속 터놓고
숲 속에서 울음소리를 내며
축제를 벌인다

밤하늘의 별빛은 빛나는데
찬 바람이 들판 갈대의
마음을 마구 흔들고 있다

희망이 녹슬어갈 때
고독의 막장에서 몹시 시달리다
잠을 감아버리는 생각이
꼬리를 물어 불면으로 잠들지 못한다

가을밤 너무 고독해
어디론가 떠나고 싶다
밤하늘 환한 달빛에
어둠의 두께도 엷어졌다

늦가을 바람이 뚫고 달아난
허무의 구멍이 찬 서리를 부른다

가을이 참 좋다

밝고 푸른 가을 하늘을 바라보고 있으면
아주 상쾌해지고 기분이 좋다

하늘에 떠 있는 구름은 갖가지
오묘한 그림을 만들고
아릿한 그리움을 몰고 다닌다

가을 들판을 보고 있으면
지금 당장이라도 어디론가
떠나고 싶어진다

가을 호수를 만나고
가을 강과 가을 숲을 만나고 싶다

이 가을에 사랑을 할까
가을 단풍이 물들어 가듯
멋진 추억을 만들까

가슴 깊이 가을을 느낄 수 있고

고독조차 행복하고 아름다울 수 있는
이 가을이 참 좋다

가을은

어둠이 점점 두꺼워지고
고독이 깊은 길로
점점 더 빠져들어 가는 계절이다

가을 길을 걸으면 걸을수록
아쉬움이 가슴에 가득해지는데
어느 누가 고독을
온 세상 가득 풀어놓았을까

고독한 마음이 모여 단풍으로 물들고
한순간 단풍 든 잎들은 낙엽이 되어
떨어져 짓밟히는 처절한 계절이다

단풍이 떨어진 가지에는 쓸쓸함이 남고
가을비가 내리면 마음은 우울해지고
고독은 가슴속에 차오른다

가을 길은 남기고 싶은 이야기가 많고
때로는 눈물이 날 만큼 외롭고 고독하다

가을에는 누구나 고독하기를 원한다
고독이 선명하기에 더 아름답다

가을이다

들에 나가보라
산에 올라보라
모두 다 가을이 찾아왔다 외친다

가을이다 어디를 가도
살아 있는 가을 표정을 만날 수 있다

새파란 하늘 아래
기막히게 붉은 단풍잎들이
색깔이 살아나 가을 노래를 부르며
환영하며 반겨주고 있다

가을이다 어디로 가도
빛 좋고 때깔 좋은
풍성한 가을 열매가 우리를 찾는다

가을이다 어디를 가도
단장을 하듯 가을 색으로 칠해져 아름답다
어디를 가도 가을을 만날 수 있다

가을 길

가을을 노래하려고 나뭇잎들이
갈색으로 단풍 들어
가을 노래를 부른다

떠나가야 할 낙엽들의 노래가
길마다 곳곳에서 넘쳐난다

고독이 마음을 움켜쥔
외로운 계절 가을에
고독을 보내려고
낙엽들이 노래를 부른다

가을이면 바람이 오가는 길목에서
고독한 마음과 풀지 못한 원성이
고독한 사람들과 함께하려고 모여든다

낙엽은 초라한 욕심 부리지 않고
떠나갈 시간을 기다리며
가을 길에서 가을 노래를 부른다

가을에 쓸쓸해지는 것은

가을에 쓸쓸해지는 것은
내 마음에 고독 한 줄
선명하게 새겨지기 때문이다

푸른 하늘 텅 빈 곳에
외롭게 떠 있는 구름처럼
가을에는 거리의 풍경도
왠지 쓸쓸하고 외로워 보인다

가을엔 바람 소리조차 외로워
마음이 허전하고 쓸쓸해서
누군가를 만나고 싶고
누군가와 이야기를 나누고 싶고
누군가와 함께하고 싶다

가을에는 마음이 고독해
낯익은 사람도 보고 싶고
잊혔던 사람도 문득 생각나 보고 싶다

낙엽을 밟으면 숲을 걷는 소리가 나는데
가을이 떠나기 전에
가을 추억을 남기고 싶다

가을이 떠납니다

가을비가 내리자
거리에는 낙엽들의 이야기가
수북하게 쌓이고
단풍 든 잎들이 부르던 가을 노래도
끝나고 가을이 떠납니다

가을을 보내기엔 미련이 남아
낙엽을 밟으며 거리를 걸으면
낙엽 밟히는 소리가 귀에 가득합니다

내 마음에 고독을 선물해주던
가을의 손을 이제는 놓아주어야 합니다

떠나는 가을에 서러움이
가득 차기 전에
내가 먼저 손을 흔들어야겠습니다

가을이 떠납니다
떠나기 싫은 단풍의 눈이 붉어졌는데

낙엽이 되어 떠나는 뒷모습을 보고 있습니다

내 마음에 추억으로 남을
가을이 떠나고 있습니다

가을비 내리던 날

가을비 내리는 날은
고독 속으로 깊이 끌려 들어가
왠지 더 쓸쓸하다

가을을 화려하게 장식했던
온갖 색색의 단풍들이
낙엽이 되어 떨어진다

가을은 여름날의 화려함을 뒤로하고
발길을 돌리며 퇴장하는 시간
갈 길을 재촉하는 가을비가 야속하다

가을비가 내 마음을 촉촉하게
적실수록 깊은 고독에 젖는다

갈바람이 불면 갈대들은
훌쩍이며 흔들릴 때마다 몸서리치고
기온은 점점 더 내려가 곤두박질친다

가을비가 내리면 비바람을 뚫고 달려온
고독 탓에 왠지 어깨가 더 춥고
가슴팍이 시리다

가을비가 머물다 간 자리에
차가운 겨울이 성큼 다가오고 있다

낙엽 지는 날

낙엽 지는 날
이별의 아픔을 알았습니다

봄꽃 피던 날
온 세상 가득 찬란했던
감동이 사라지고
싸늘한 가을바람을 맞으며
이별해야 합니다

단 한 번 만났다가 헤어지는
괴롭고 슬픈 이별을 해야 하다니
이를 어찌합니까

다시는 볼 수 없는데
다시는 만날 수 없는데
어찌 마음이 태연하고
아무 일도 없는 듯
의연할 수가 있습니까

떠나는데
멀리멀리 떠나고 있는데
이를 어찌해야 합니까

늦가을

길가에 툭툭 힘없이 떨어진 낙엽들이
바람결에 외롭게 뒹굴다가 사라지자
하루하루 거리는 차갑고 싸늘해졌다

풀잎들의 숨소리도 사라지고
나무들도 손을 다 들고
가을이 끝났음을 선언했다

옷소매는 길어지고 옷깃이 올려지고
수은주가 내려가 차가운 날씨에
몸이 웅크려진다
입김이 하얗게 새어 나온다

겨울이 오기 시작하자
가을의 화려함이 허망함을 남기고
한순간에 퇴장하고 말았다

거리에는 호빵이 등장하고
털모자를 쓴 군밤 장수가
새 계절을 맞아 장사를 시작했다

겨울 동백

시련의 뼈아픈
고통을 가슴에 담고
한겨울에도 가슴이 불타올라
붉게 피어난다

어쩌다 바람이 불면
만취한 듯 흔들리다
뚝 떨어져 짓밟히는
붉은 꽃잎 가슴이 아프다

첫눈이 내리는 날

한겨울 햇살도 수척해지고
찬 바람이 불기 시작하면
온 세상을 하얗게 덮어주는
첫눈이 내려 기분이 아주 좋아지는 날
우리 만나자

첫눈이 내리면 혼자인 사람들도
우연히 혹시라도
사랑할 사람을 만날까
기대하며 거리를 나선다

사람들이 첫눈을 얼마나 기다리고
얼마나 좋아하는지
우리는 알고 있다

첫눈이 오는 날
그동안 오랜 기다림 속에 보고 싶었던
너를 만나면 얼마나 좋아하는지
목구멍에 가득한 사랑의 말을 해주고 싶다

첫눈을 바라보며 한 잔의 커피를 마시며
그동안 못다 한 정겨운 이야기를
너와 함께 나누고 싶다

첫눈을 함께 밟으며 손잡고 걸으며
그동안 못다 한 우리의 사랑을
너와 함께 나누고 싶다

하얀 눈이 소복하게 내려
온 세상을 행복하게 덮어주듯이
사랑도 우리 가슴에 내렸으면 좋겠다

겨울이 지나면

나무들도 몸서리치도록
눈보라 속에 떠는 한겨울 강추위에
풀들은 언 땅에서 언 발로 서 있어
발등이 다 터져 죽는 줄 알았다

한겨울 싸늘한 찬 바람이
온 세상을 꽁꽁 묶어버리면
공기마저 얼어붙는다

추위를 모질게 견디면서 죽은 듯이
정신을 못 차리던 깡마른 풀들이
봄소식만 들리면 정신을 바짝 차리고
숨결을 이어가며 끝끝내 일어선다

봄비가 한바탕 내리면
언제 추위가 있었냐는 듯이
들판을 초록으로 물들여 놓는다

봄날 아침에

겨우내 말랐던 가지에 꽃이 피고
풀들이 일제히 일어서서 만세를 부른다

겨울 강

한겨울 추울수록 마음이 꽁꽁 얼고
홀로 외로울 때 가슴이 몹시 춥다

혹한 추위에 손등이 터지고
발끝이 저리도록 시리다

한겨울에 강이 꽁꽁 얼어붙어
아무 소리도 없는 줄 알았다

강 깊이 얼음 밑으로
흐르는 강물은 한겨울에도
다시 찾아올 봄소식을 방출하고 있다

아무리 추워도 겨울은
봄이 다가오는 것을 멈추지 못한다

겨울 바다

겨울은 가슴에서 온도가 차갑다
온 세상이 얼어붙어도
바다는 파도치며 살아 있다

오금 저리도록 매섭게 찬 바람이
불어오는 겨울 바다
가슴마저 차가운데 모질게도
밀려오는 변덕스러운 파도가
자꾸만 그리움으로 쓸쓸함으로 몰려온다

파도는 얼마나 한이 많아
날마다 소리치며 밀려오는가

찬 바람 부는 겨울 바다를 보고
오래 서 있는 것은
그리 쉬운 일이 아니다

마음의 추위를 녹이기 위하여
따뜻한 불씨를 찾아 발길을 옮겨야겠다
따끈한 어묵 국물이 먹고 싶다

눈 내리는 날 1

겨울에는 눈만 내려도
온 세상이 아름답다

하얀 눈이 소복소복 쌓이는 날은
뽀드득뽀드득
눈 밟는 발자국 소리를 내며
홀로 한없이 걷고 싶다

특별히 갈 곳이 있어서가 아니라
특별한 이유가 있어서가 아니라
누군가를 보고 싶어서가 아니라

그냥
눈 내리는 것이 좋아서
눈을 바라보는 것이 좋아서
눈을 밟고 걷는 것이 좋아서

하얀 눈이 내리는 날
하얗고 깨끗한 눈길을

걷는 것만으로도 행복해
혼자 하얀 눈길을 온종일 걸으며
마냥 행복했다

눈 내리는 날 2

홀로 있어도 외롭지 않았다
쓸쓸하지 않았다
고독하지 않았다

눈 내리는 날
바라보고만 있어도 행복했다

하얀 눈 위에 발자국
언제나 가슴에 남아 있는
아름다운 추억의 한 장면이다

무엇을 감추고 싶어
하얗게 내렸을까
어디를 가도 어디를 보아도
눈밭이다

하얀 눈 하나만으로도
세상이 참 아름답다

하얀 눈 내리는 날

하얀 눈이 온 세상에
펑펑 쏟아져 내리는 날
겨울 여행을 떠나보셨나요

온 세상천지가 아름답게
하얀색으로 변해가는데
입에서는 탄성이 흘러나오고
왠지 마음은 자꾸만 행복해집니다

얼마나 이때를 기다렸습니까
날씨는 매섭고 추운데
마음은 포근해지고 따뜻합니다

하얀 눈이 내리는 날
어디론가 여행을 떠나면
천하를 얻은 듯
당신은 세상에서 가장
행복한 이야기를 전하고 나누는
행복의 주인공이 될 것입니다

하얀 눈길을 걸으면

하얀 눈길을 걸으면
왜 기분이 좋아질까

하얀색이 주는
깨끗하고 포근한 느낌 때문일까

눈을 밟고 걸으면 뽀드득
소리가 나는 즐거움 때문일까

왠지 뜻밖에 좋은 일이 생기고
행운이 찾아올 것만 같은
좋은 예감 때문일까

세상을 온통 하얗게 만드는
눈을 바라보면 볼수록
하얀 느낌이 마음을 참
행복하게 만든다

눈길

하얀 눈이 펑펑
쏟아져 내리는 날이면
기분이 아주 좋아
하얀 눈길을 자꾸만 걷고 싶다

눈길을 걸어가면 갈수록
발자국은 나를 쫓아오고
내 마음에 행복이 수북하게 쌓인다

눈이 내리면
온 세상은 하늘 축복을 받은 듯
하얗게 변하고
내 마음도 자꾸만 즐거워진다

하얀 눈이 내리는 날
눈길을 걸으면 걸을수록
나는 자꾸만 행복해진다

겨울나무 1

햇살마저 온도를 낮추어 차갑고
눈보라 몰아치고
찬 바람이 불 때마다
나무들은 보초병처럼 제자리를 지킨다

매서운 겨울바람이
나무의 몸통과 팔들을 후려치고 사라져도
신들린 듯 오들오들 떨면서도
봄을 기다린다

언 땅에 꽁꽁 언 발과 시린 발톱을
숨겨놓고 어디로 달아날 생각 없이
봄을 기다린다

봄이 오면 겨우내 앙상했던
가지가지마다 손길 따뜻한 봄 햇살이
재빠르게 봄꽃을 피워낸다

꿋꿋하게 겨울을 이겨낸 나무들이

피워낸 꽃들과 초록 잎들은
아무런 사심 없이 욕심 없이
밝고 환하게 웃고 있다

겨울나무 2

찬 바람 불면
봄이 그리워 떨며 운다

찬 바람 불 때마다
나무는 강해졌다

절망이 가득할 때
그리움이 더 진해진다

찬란하게 꽃 피어나는
봄을 맞이하기 위하여

아무리 눈보라 쳐도
태양은 뜨고 봄이 찾아오기에
폭설이 내릴 때마다
나무는 잘 견디었다

다시 찾아오는 희망의 계절
화려하게 꽃 피어나는
봄을 환영하기 위하여

12월

찬 바람 불어닥치는 거리를
한 해를 보내려는 서운함과 피곤함에
엉덩이가 무거워
쓸쓸히 걷고 걸었다

고독한 바람이 불 때마다
외로움이 몰려온다

연말과 새로운 해를 맞이하려는
사람들의 들뜬 마음속에
아쉬움을 남긴다

12월 가슴 밑바닥에 불어오는
쓸쓸한 바람의 목소리가 들리고
시선도 거리도 진통을 겪어
온몸이 싸늘하다

홍시 하나

초겨울 감나무 가지 끝에
매달린 홍시 하나

새들이 날아와
쪼아 먹을까 두려워
참다못해 얼굴이 더 붉다

초겨울 감나무 가지 끝에
매달린 홍시 하나

찬 바람에 볼이
살짝 얼었다

고드름

한겨울 맹추위가 몰려들어 와
손끝이 끊어질 것 같고
두 뺨이 얼도록 추우면 추울수록
속절없이 타는 가슴이
긴 고드름이 되어 신바람 나게 자란다

고드름은 날카롭게 날을 세우고
가련하게 거꾸로 매달려
세상마저 거꾸로 보고 있다

소리 없이 길어지면 길어질수록
두꺼워지면 두꺼워질수록
더 강하게 더 날카롭게 자란다

고드름이 눈을 부릅뜨면
다가오는 추위가 무섭다

········· 4부

인생

어린 날에는
참 먼 길이었다

살다 보니
나이가 들고 보니
내 삶의 순서가
짧게 남았다

흘러만 가는
세월의 안타까움과
아쉬움에 가슴이
텅텅 비었다

단 하루만이라도

여보!
단 하루라도
더 사랑하며 삽시다

한번 떠나면
다시는 못 올 삶인데
할 수만 있으면
사랑하며 살아갑시다

시간은 흘러갈수록
모든 것을 빼앗아 갑니다

그리움이 넘쳐
끝내 지우지 못한
당신 생각이 가득합니다

나에게는 당신뿐인데
둘 중에 하나 떠나고
홀로 남으면 얼마나 외롭겠습니까

당신의 삶

쪼개고 살아보아도
너무나 짧은 삶
고민할수록 수척해지고
마음이 외롭게 삭아버리고 삐쩍 말랐다

삶은 영원히 풀 수 없는 숙제
떠나면 떠날수록
다시는 돌아갈 수가 없다

한심하고 딱하다
어찌해볼 도리가 전혀 없다

삶을 고귀하게 살아가라

이 세상에 어느 누가
당신의 삶을 살아주겠는가

당신의 삶은
오직 한 번뿐이다

떠오르는 사람

그 음악이 나오면
문득 떠오르는 사람

그 음식을 먹으면
스치며 생각나는 사람

그 계절이 되면
눈앞에 찾아오는 사람

늘 마음을 파도치게 하여
잠들지 못하게 하는 사람

누구나 그런 마음 없을까

어느 누구나
한 번 사는 세상
멋지게 살고 싶지 않은
사람이 어디 있는가

하고 싶은 것을 하고
원하는 것을 하고
갖고 싶은 것을 갖고
가고 싶은 곳을 가고
누리고 싶은 것을 누리며
살고 싶을 것이다

머물고 싶은 데 머물며
희망과 꿈을 이루며
마음껏 자유롭고 행복하게
사랑하는 사람과 살고 싶을 것이다

주어진 날 동안
주어진 시간 동안

아무런 후회 없이 사랑받으며 존경받으며
이해받으며 살고 싶을 것이다

다음 세상에서 다시 만나면

우리 다음 세상에서
다시 만나면
이 세상에서 가장 멋진 삶을 살아갑시다

하찮은 감정의 노예가 되어
서로 미워하고 다투며 살지 말고
서로의 마음을 먼저 알고 이해해주며
사랑이 얼마나 소중한가를 알며
아름다운 사랑의 열매를 맺으며 살아갑시다

우리 다음 세상에서 다시 만나면
내가 아닌 우리로 살아봅시다

나만 내 생각 내 말이 아니라
우리를 위해 살아봅시다

오직 행복한 삶을 위하여
서로 만나 사랑으로 행복을 만들며
사람들의 축복 속에 살아갑시다

참 고운 사람

멀리서 보아도 가까이 있어도
잔잔하게 마음의 평안을 주는
한 송이 꽃처럼 아름답고
마음이 참 고운 사람

눈매가 선하고 따뜻한 마음이
늘 가슴에 전해지고
그 사람을 알고 있다는 것이 행복하다

자주 보아도 오랜만에 만나도
늘 한결같이 곁에 있었던 것처럼
거리감 하나 없이 편하다

주변 사람들의 마음에 잔잔한 물결처럼
퍼지며 행복을 주는 사람
늘 친절하게 웃으며 안정된 마음으로
배려를 아끼지 않는 사람
그 사람이 있어
이 세상이 참 행복해진다

그대가 온다면

내가 사랑하는 이여!
내가 좋아하는 이여!

그리도 멀리 있다가 오실 것이면
소식을 전하셨으면 얼마나 좋습니까

그대가 온다면
그리운 마음에 한걸음에 달려가
반갑게 맞았을 텐데
이리도 모르게 오시면 어찌합니까

얼마나 보고팠는지 아십니까
얼마나 그리워했는지 아십니까
그대가 없으면 아무것도 할 수가 없습니다

이제는 얼마나 좋습니까
모든 것이 행복이고 축복입니다
그대가 원하는 것들을 하며 살겠습니다

그대가 오신다면
기다림도 참 좋은 세월이었습니다

당신은 무엇을 위하여 사는가

당신이 그리는 마음의 그림에 따라
삶의 모습이 달라진다

당신의 생각에 따라 마음에 따라
삶의 그림이 달라진다

당신은 무엇을 위하여 사는가
당신만을 위한
삶도 좋고 중요하지만

남을 위하여 살아간다면
당신의 삶은
당신이 생각하고 원하던 것보다
훨씬 더 행복해질 것이다

당신 때문에 환하고 행복하게 웃는
사람이 있다면 얼마나 좋을까

나와 너 우리가 함께하는

삶을 살아갈 수 있다면
결코 후회하지 않는 삶을 살게 될 것이다

사랑할 시간

우리에게 사랑할 시간이 주어졌을 때
사랑합시다

세월은 머물지 않고 흘러가는 것
관심도 기억도 추억도
시간이 지나고 나면
언제 그랬냐는 듯이 사라지고 말 것입니다

지금 이 순간이
얼마나 중요합니까
당신과의 만남이
얼마나 기쁜 시간입니까

어제는 어제로 흘러가고
내일은 내일에게 맡기고

우리에게 사랑할 시간이 주어졌을 때
사랑합시다

지금 이 순간이 얼마나 아름답습니까
당신을 사랑함이 축복입니다

그대 돌아오는가

그대 돌아오는가
아침 하늘이 밝고 내 마음도 밝다

어젯밤에는 캄캄한 어둠 속에
심란한 내 마음처럼 천둥 번개가 치고
그리도 많은 비가 쏟아져 내렸다

아침이 오니 이런 세상에
언제 비가 왔느냐는 듯이
하늘도 온 세상이 맑고 깨끗하다

수많은 밤 뒤척이게 하던
그대 돌아오는가
내 마음에 설렘이 가득하고
내 마음에 기다림이 가득하다

그대가 온다면 얼마나 좋을까
이 좋은 날 그대 온다면
다른 것은 아무것도 원하지 않는다

그대 돌아오는가
세상을 다 가진 듯이
왠지 기분이 참 좋다

우리의 삶의 시간이

우리의 삶의 시간이 안녕이라 말하기 전에
우리 사랑합시다

오늘 이날이 지금 이 순간이
얼마나 소중한 시간입니까

우리에게 다시는 찾아오지 않을
너무나 소중하고 아까운 시간입니다

사랑하는 사람도 언젠가는
서로 헤어져야 하는 안타까운
안녕의 시간이 찾아옵니다

삶은 우리에게 영원한 시간을
결코 허락하지 않습니다
우리에게는 주어진 시간이 있습니다

지금 이 순간은
우리가 서로 사랑해야 할 시간입니다

오늘 이날은 우리가 사랑하며
아름다운 추억을 만들 시간입니다

어디일까

가장 좋은 곳
가장 행복한 곳
가장 아름다운 곳은 어디일까

먼 곳에 있을까
가까운 곳에 있을까
도대체 어디 있을까

복이 없고 행운이 없고
운 좋은 삶이 아니어도
행복은 항상 가까운 곳에 있다

내 안에 있는
행복을 찾지 못하고
내 안에 있는
행복을 보지 못하고
찾아다닌다

서로 좋다는 것은

서로 좋다는 것은
마음 잘 맞고
왠지 좋아 정이 들고
서로 통하는 것이다

서로 좋다는 것은
마음의 행간을 읽어주며
사랑을 주고 모든 것을 주어도
아깝지 않은 것이다

서로 좋다는 것은
함께 있으면
재미가 나고 신이 나도록
살맛이 나는 것이다

지금 생각해보면

지금 생각해보면
지나온 세월이 거미줄처럼
모든 것이 연결되어 있다

좋았던 일도
힘들었던 일도
행복했던 순간도
불행했던 순간도 모두가 하나로
잘 어우러져 옛이야기로 남았다

정말 힘들어 모든 것을
포기하고 싶었던 비참했던 순간도
지우고 싶어 도망치고 싶고
숨고 싶고 피하고 싶었던 모든 일도
너무 좋아 시간이 흐르지 않기를
바랐던 수많은 날들도
지나고 보면 그리움으로 남아 있는 날들이다

지금 생각해보면

살아온 모든 날들이 하나가 되어
추억으로 남아 있는 소중한 날들이다

한 사람 만나는 것이

세상을 살며
한 사람 만나는 것이
삶을 통째로 바꾸어놓는
참으로 엄청난 일이다

한 사람 만나 사랑에 빠지면
순간적으로 심장이 박동하며
삶이 바뀌고 운명이 바뀌고
꿈과 희망이 새롭게 변한다

운명적으로 한순간에
한 사람을 만나는 것은
얼마나 기막힌 일인가

만나지 말아야 할 사람을 만나면
비극이 되고 절망이 되고
한순간 모든 것이 끝나고 사라지고 만다

만나야 할 사람을 만나는 일은

삶에서 꼭 있어야 할
축복이며 행운이며 감동이다

나를 부르는 소리

내 심장이 흔들리도록
나를 부르는 소리가 들린다

내가 그리워하는 이가
내가 사랑하는 이가
나를 애타게 찾고 있다

가만히 듣고 있을 수가 없어
나는 달려가야 한다

사랑하는 사람을 만나는 기쁨에
가슴이 설레고
환희의 눈물이 흐른다

나를 잊지 않고
나를 찾아주는 사랑하는 사람이 있다

나를 부르는 소리가 들린다
나는 지금 사랑하는 이에게

한걸음에 달려가야 한다

나를 부르는 목소리를
들을 수 있다는 것이 참 행복하다

내 마음 알기나 할까

내 마음 알기나 할까
이토록 그리워하는 마음
이토록 보고 싶어 하는 마음 알기나 할까

나 혼자 애타게 너무 질펀하게
그리워하는 것은 아닐까
나 혼자 미치도록 삭아들며
그리워하는 것은 아닐까

그리움이 내 마음 구석구석
파도처럼 밀려와 떠나지 않으니
이 그리움을 어찌해야 하는가

난 아직 잊지 못해
아무리 보고 싶고 그리워해도
올 생각도 없으니
이 그리움을 어찌해야 하는가

계절이 바뀌고 시간이 흘러도

내 마음 알기나 할까
이토록 심장에 사무치게
그리워하는 마음 알기나 할까

살다 보면 가끔씩

살다 보면 가끔씩
갑자기 마음이 울적해지고
눈물이 날 때가 있다

이렇게 앞뒤를 재다 살다 가는 것일까
참 아쉬움이 많고 많은
안타까운 삶이다

살아온 삶의 순간마다
앞이 캄캄해 힘들어서 얼마나 괴롭고
때로는 행복해서 얼마나 좋고
매 순간이 얼마나 감사했던가

하고픈 것도 많고
만나고 싶은 사람도 많은데
시간은 너무 빠르게 흐르고
인생은 점점 더 짧아진다

떠나고 나면 누가 얼마나 기억해줄까

아무런 후회 없이 열심히 살아왔기에
너무나 애가 타고 안타까운 삶이다

다시 또 보고 싶다

이별하고 영영 떠나면 잊을 줄 알았는데
가슴속에 숨어 있던
미련이 남아 그리움이 남아
눈망울에 그대 보이도록
다시 또 보고 싶다

멀리 떠났을 때 머리끝 오랜 기억 속에서
아주 깨끗하게 지워진 줄 알았다

늘 마음속에 지워지지 않고
그림자처럼 남아 떠나지 않고
그리움이 뒷덜미를 꼭 잡고 놓지 않아
다시 또 보고 싶다

떠나야 했기에 보낸 줄 알았는데
영영 잊은 줄 알았는데 남다르게
잊을 둥 말 둥 생각이 자꾸 나서
다시 또 보고 싶다

내 곁에서 떠나보낸 줄 알았는데
아직껏 여태껏 인연의 끈을 놓지 않고
다부지게 붙잡고 있어
다시 또 보고 싶다

잘 견디고 이겨내라

통증이 온다
어딘가 고장이 났나 많이 아프다
상처는 세상이란 못에 걸려 찢어진 마음이다

뭇시선들이 칼처럼 날카로워
막연함 속에 끈질긴 고뇌의 시간
피를 피로 씻듯 힘들고 고달프지만
잘 이겨내고 견뎌야 한다

온갖 어려움 이겨내고 시간이 흐르고 나면
먹구름 가득하던 괴로운 마음도
언제 그랬냐는 듯이
힘 빠지던 두려움의 쇠창살도 사라지고
픽 대견할 것이다

햇살에 숲과 들판의 초록이 짙어가듯
삶에 희망도 용기도 날 것이다
잘 견디고 이겨내라

내일은 아이들의 세상

아이들의 눈망울은
내일의 꿈과 희망이 가득해
맑고 푸르다

아이들의 마음은
순수함과 사랑이 가득해
곱고 따뜻하다

내일은 아이들의 세상
씩씩하게 자라나
꿈과 희망을 마음껏 펼쳐가라

흐르는 강물처럼
내일을 향하여
소망을 마음껏 이루며
씩씩하고 튼튼하게 자라가라

아이들은 우리의 꿈과 희망
한 그루의 커다란 나무처럼
늘 푸르게 잘 자라가라

나와의 싸움

삶은
나와의 싸움이다

수없이 진통을 겪으며
나 자신을 새롭게 변화시켜
뛰어넘어야 한다

언제 어떤 경우에도 절대로
포기하지 않고
좌절하지 않고
서두르지 않고
망설이지 않고
쉽게 꺾이지 않아야 한다
나와의 싸움에서
나를 이겨내는 것이다

자기 스스로 갇힌 고정관념에서
나를 뛰어넘으면
아름다운 날 보람된 날

무르팍 탁 치도록 좋은
행복한 날이 찾아온다

다 잊고 계십니까

흘러가는 세월 따라
모든 것을 다 잊고 계십니까

우리가 서로 너무도 멀리 떨어져 있는 듯
다시는 만날 수 없는
아쉬움과 안타까움만 남았습니다

다 잊고 계십니까
수없이 사랑한다고 고백했던 말도
언제나 곁에서 함께해주겠다는 말도
다 잊고 계십니까

이 세상을 살아가는 이유가
나를 사랑하기 때문이라는 말을
벌써 까맣게 잊었습니까

지금 어디에 있습니까
어디서 살고 있습니까
왜 그리도 연락이 없습니까

세월은 자꾸 흘러가는데
아직도 미련이 남아 있습니다
이토록 그리움이 가득한데
다 잊고 계십니까

늦은 밤에 길을 걸으며

빛은 아침을 불러들였고
어둠은 밤을 불러들였다

달빛도 외로운 늦은 밤 셀 수 없는
별들이 떠 있는 밤길을 터벅거리며 걷노라면
안쓰럽게 서 있는 가로등 불빛이 반갑다
밤은 가로등이 가장 아름다워지는 시간이다

밤하늘에는 수많은 별들의
갖가지 알다가도 모를 이야기가 펼쳐지고
별 많은 밤 그리움도 많아
허공에 하얗게 떠 고단하게 보이는
초승달이 솔깃한 말을 걸어온다

가야 할 길이 멀더라도
칠흑 같은 밤길을 걷다 보면
밤이 특별하게 가져다주는
어둠 속의 독특한 매력에 빠진다

밤의 적막한 어둠의 그늘 속에서도
초승달을 바라보며 혼자 중얼거리며
이야기를 나누다 보면
어느 사이에 집이 가까이 다가온다

누가 밤하늘 어둠 속에서
달처럼 밝게 웃어줄까

재회

그냥 이렇게 무참히 속 태우고
그리워하며 속 끓이며 살기보다
언제 다시 한번 만나보자

왜 그날 아무런 말도 없이
돌아서서 떠나가 버렸는지
그 이유만은 알고 싶다

떠나면 다시는 돌아오지 않을
떠나가야 하는 인생살이라지만
우리만은 다시 만날 수 있지 않을까

속마음에 익어가는 그리움을
감당할 수 없어
다시 한번 꼭 만나고 싶다

무언가 꼭 있어야 할 것을
잃어버린 것 같은
그 허전한 마음을 달래주고 싶다

멀리 떨어져 몰래 숨어 살듯
모른 척 살아가기는 싫다
우리 다시 한번 만나보자

잃은 것도 얻은 것도 없는 우리
사랑한다 말하면서 미어지는 가슴으로
끝끝내 돌아서서 말도 없이
왜 떠났는지를 알고 싶다

나 때문에 행복한 사람을 만들자

나 때문에 불행한 사람
괴로운 사람 외로운 사람 만들지 말고
나 때문에 행복한 사람 만들자

한세상 살면서
쓸쓸하고 외로운 세상에서
서로 만나 인연의 끈으로 만나는 사람들이
얼마나 소중한 사람들인가

나 때문에 가슴 아픈 사람이 있다면
삶에 매듭이 묶이고
참 슬프고 애잔한 일이다

손에 땀을 쥐는 고통 속에
슬퍼하고 절망하는 사람 만들지 말고
나 때문에 살아갈 힘과 용기를 얻고
나 때문에 기뻐하는 사람 만들자

"당신 때문에 행복합니다"
이 얼마나 기분 좋고 행복한 말인가

풀밭

바람이 불고 비가 내리고
눈이 내리는 들판

햇살의 손끝에서 이슬의 손끝에서
이름 모를 풀들의 이야기가
곳곳에서 수없이 만들어지고 있다

들판에는 생명의 핏줄이 곳곳으로 이어져
들풀은 땅이 있으면 어디서나 살아나
아무도 관심 없어도 하늘이 돌본다

들풀이 가득한 풀숲에
벌레들의 노래가 가득하다

햇살이 쏟아져 내리고 어둠이 쌓이고
무지개가 서는 들판에는 기다림 속에
들꽃 세상이 만들어지고 있다

들판에서 풀 향기를 온몸으로 받아들이면
살아 있다는 것이 행복하다

풀 1

땅이 있는 곳 어디서나 살아나는
풀들은 들판의 노숙자다

미미하고 아주 쓸모없고
가치 없고 보잘것없는
하찮은 존재인 줄 알았다

곤충들의 놀이터이고
동물들의 먹이이며 생명의 시작이다

수많은 풀이 있었지만
이름도 생김새도 모르는 것들이
더 많고 열매도 잘 몰랐다

이 세상의 풀들은
황량한 들판을 가득 채워나가는
세상의 주인이다

나는 자유다 어디서나
피어날 수 있다

풀 2

거센 바람을 맞을수록
코가 땅에 닿도록 팍 쪼그렸다가
더욱 힘차게 자라나는 풀

햇볕을 받고 물기를 빨아들일수록
생기가 힘차게 돌아
더욱 생생하게 자라는 풀

비를 맞을수록 젖을수록
시간을 앞서거니 뒤서거니 하면서
강한 생명력으로 힘차게 자란다

풀은 쓰린 고통과 시련이 다가올수록
처절하게 짓밟혀도
목숨 줄을 결코 놓치지 않는다

풀은 끈질긴 생명력으로
잘 견디고 버티며 잘 자라난다
풀벌레 울음에 사연이 가득하다

풀꽃

바람에 날아다니던 씨앗이
입 꼭 다문 커다란 바위틈에 앉아
뿌리가 단단한 살결을 찢고
뻗어내려 소담스럽게 피어난 풀꽃

얼마나 살고 싶으면
얼마나 꽃 피우고 싶으면
바위의 단단하고 굳은 살결을
숨죽이며 세밀하게 파고들었을까

어떻게 커다랗고 단단한 바위틈 사이
갈라진 시간을 뚫고 뿌리를 내렸을까
눈물 없이 고통 없이 피는 꽃이 있을까

온 세상에 봄이 찾아오면
한겨울 살을 찢는 매서운
바람의 생채기마다 꽃이 피어난다

봄이 오면 씨앗들이 옹알대며

싹이 나 초록 세상을 만드니
생명이 이토록 아름다울 수 있을까

풀꽃 하나만 피어나도
시 한 편이 된다

대나무

대나무는 하늘만 열망하고 바라보며
오직 하늘을 향하여 수직으로
곧게 솟아오르려는
대쪽 같은 마음을 한시도 잃지 않는다

대나무는 흐르는 세월 따라
마디마디를 이어나가며
온몸에 멍들어도 올곧은 마음을 바꾸지 않고
하늘을 향하여 오르려는 열망에
속이 텅 비어도 희망을 쌓으며 뻗어간다

궂은 비바람이 세차게 불어와
아무리 모질게 흔들어놓아도
성난 눈보라가 몰아쳐 와
차갑게 얼어붙어 가슴이 얼어도
어떤 시련과 고통 속에서도 포기하지 않고
하늘을 향하여 한마음으로 나아간다

대나무는 오직 한뜻으로

아무 흔들림 없이
쭉 곧게 자라는 대나무이기를 원한다

수양버들

간밤에 어둠 속에서
달빛에 머리를 감았나
어둠을 씻어 내린 햇살이 빛난다

맑은 슬픔이 모여든
푸른 하늘 아래
수양버들 늘어진 가지가
아주 곱디고운 여인의
머리칼처럼 바람에 휘날린다

작설차

초록 잎이 녹아내린
작설차
한 모금 한 모금에
내 마음은 잠시 머물고 싶다

작설차 한 잔의
맛과 향기에
마음이 맑아진다

녹차

내 마음에 푸른 잎사귀 떨궈놓으면
마음이 한결 차분해지고
잔잔하게 편안해진다

차 한잔 같이 못 해 아쉬웠던
다정한 이와 함께
차 한잔 여유롭게 마시는 것도
살아가는 행복이다

녹차 향 가득 입안에 머금으면
온몸이 정돈되고 차분해진다

초록이 선물하는 생명의 싱그러움 속에
삶의 기쁨을 느끼며
찻잎에 녹아 있는 세월을 마신다

녹차 한 잔에
외로움도 씻겨 내려가고
내 마음이 초록으로 물든다

종이비행기

미안하다 비행기야
하늘 높이 날아가게
해주지 못해 미안하다

너도 비행기라 소망의 꿈 이루며
하늘을 마음껏 날고 싶겠지
하늘을 마음껏 날아가는
꿈이라도 꾸어보아라

나도 너를 타고
하늘을 날아보고 싶다
종이비행기야

바구니

바구니에는
엄마 사랑이 가득하다

엄마가 바구니를 머리에 이고 오시면
자꾸만 재미가 있고
기대가 되어 매우 궁금하다

때로는
나물이 가득하고
때로는 감자 고구마가 가득하다

때로는
빨래가 가득하고
엄마 수심이 가득하다

대추

나뭇가지에 대롱대롱 매달려
여름 한 철
뜨거운 햇살을 얼마나
배부르게 먹었을까

가을이 되면
속내는 다 들켜버렸는지
속살이 곱게 익어
팽팽하고 푸르던 얼굴이
온통 붉어졌다

다듬이 소리

한밤중에
고요를 타고 흐르는
다듬이 소리 생각이 나
마음속에서 듣는다

살아 계실 때
어머니의 다정한
음성처럼 살아난다

깃발

바람이 불면
바람에 온몸을 던져
바람에 나부끼는 깃발이
얼마나 보기에 좋은가

바람이 불면
바람에 온몸을 맡기고
마음껏 나부끼는
깃발은 얼마나 신날까

의자

의자는 사랑하는 여인처럼
늘 가까이 있다

어디를 가든 그곳에서
기다리고 있다가
반갑게 맞아주고
선뜻 자리를 내준다

삶이란 여행 속에 만난 의자는
나의 몸과 마음을 편안하게 해준다

의자는 늘 동행하는
사랑하는 사람과 같다
아주 친한 친구와 같다

가까이 다가가면
말하지 못한 말을 한다

참깨

털고 털어야
너를 만날 수 있고
짜고 짜내야
너의 진한 맛을 알 수 있다

고추장 항아리

뚜껑을 닫아놓으면
세상 소식이
하나도 안 들린다

세월이 흘러가면 갈수록
숙성되고 곰삭아 내려
고추장 맛이
맛깔나게 깊어간다

자물쇠

자물쇠를 아무리
꽁꽁 잠가놓아도
열쇠의 힘
이기지 못한다

고추잠자리

자유를 얻기 위하여 하늘에 투항하듯
두 팔을 펴 들고 모든 것을 맡긴다

푸른 하늘을 자유롭게 비행하며
자유를 마음껏 즐기며
햇살을 받으며 푸른 하늘을 맴돌고 있다

가을이 오면 고추잠자리가 비행하며
눈에 보이고 가슴으로 느끼는
아름다운 가을 풍경을 만들어놓는다

고추잠자리가 한 계절 찾아왔다 떠나는
아슬아슬한 순간이 많았던
잠시 잠깐의 삶이지만 멋지게 비상을
즐기는 삶이 멋지고 아름답다

귀뚜라미

가슴에 맺힌 슬픔이 어떠하기에
떨리는 몸짓으로 밤새도록
생때같은 눈물로 귀뚜라미가 울어대면
온 세상 구석구석에 가을이 전해진다

가을을 알리는 귀뚜라미 울음에
깜짝 놀란 나뭇잎들이
각양각색으로 단풍이 든다

귀뚜라미 울음에 모든 귀가 쏠리고
온 세상은 가을 풍경을 만들기에
경쟁하듯 가을이 가득해진다

귀뚜라미는 가을 긴 밤 숨어서
밤새도록 울며 가을 시를 읊고 있다

도마뱀

나는 절대로 잡히는 것은 싫다
자유롭게 살고 싶다

잡히면 꼬리를 잘라서라도
나는 도망치고 싶다

꼬리를 남겨놓았다고
너는 비웃겠지만
나는 꼬리를 잃더라도
살고 싶어 도망친다

원망도 끊으면 사라지고
목숨보다 자유보다 고귀한 것은 없다

조개

작은 조개라고 무시하거나
우습게 보지 마라

바다에서 성난 파도도
까닥까닥하며
두려워하지 않고
삼키고 뱉으며 당당하게 살아왔다

거친 파도도 이겨내고
거센 파도에 떠돌지 않으려고
몸을 어두운 뻘 속에 묻으며
오랜 세월 견뎌왔다

소라 껍데기

넓고 넓은 바닷가에
외롭게 버려져
텅 빈 줄 알았다

파도가 들락거리며
소라 귓가에
파도 소리 가득 채워주었다

송어

어둡게 가려진 곳이 많은
눈물 많고 눈물 마른 세상 속에
맑고 맑은 물에서 살기를 원한다

근심과 걱정은 모두 흘려보내고
흘러가는 세월 속에
흐르는 물결을 쏜살같이 헤엄친다

어두운 구름이 하늘에 가득해도
순수한 마음으로 살기를 원한다

갈증 많은 세상에서
아무런 갈증 없이 옭아매임 없이
깨끗한 물에서 민첩하고 평화롭게
미동을 즐기며 살기를 원한다

비참

내 가슴에
절망의 비가
억수같이
쏟아져 내리는데

막아줄 우산을
찾을 수 없다